लावण्य रेखा - लैटिन-भाषायाः पर्सियसस्य षट् वक्रोक्तयः

प्रथमः भागः: महत्त्वाकाङ्क्षायाः व्यर्थता हास्यास्पदः वाचकः च (१-२३ पङ्क्तयः)

Sanskrit Translation: अहो नराणां चिन्ताः! अहो संसारे कियत् शून्यत्वम्! "क एतत् पठिष्यति?" किं माम् उद्दिश्य भवान् वदति? न कोऽपि, सत्यम्! "न कोऽपि?" द्वौ वा, न कोऽपि वा। "लज्जावहं शोचनीयं च!" किमर्थम्? यतः 'पॉलिदमस्' (Polydamas) तथा ट्रॉय-नार्यः (Troiades) 'लाबिओ'-नामकं (Labeo) कविं मत्तो श्रेष्ठं मन्येरन् इति? तुच्छमेतत्! यदि रोमवासिनः अज्ञानेन किमपि न्यूनीकुर्वन्ति, तर्हि तेषां दूषिते तुलायन्त्रे आत्मानं मा तोलय, न च आत्मनः बहिः प्रमाणम् अन्विष्य। यतो हि रोमनगरे कः न—? हा, यदि सत्यं वक्तुम् उचितं स्यात्! परन्तु तदा उचितं यदा अहं जनानां पलितकेशम्, अस्माकं दुःखमयं जीवनं च पश्यामि। बाल्यक्रीडां त्यक्त्वा यदा वयं पितृव्य इव गम्भीराः भवामः, तदा, तदा क्षमस्व— "नेच्छामि।" किं कुर्याम्? परन्तु प्रकृत्या एव मम प्लीहा उपहासेन हसति। वयं गृहे आबद्धाः काव्यं लिखामः, कोऽपि छन्दोबद्धम्, अन्यः गद्यम्, यत् श्वासरोधेन उच्चैः पठनीयं भवेत्। ततश्च भवान् नूतनप्रावारकं (toga) धृत्वा, जन्मदिवसस्य अङ्गुलीयकं च परिधाय, श्वेतवर्णेन उच्चासने उपविश्य, कण्ठं स्निग्धं कृत्वा, कामुके नेत्रे निमील्य जनेभ्यः तत् पठिष्यति। तदा भवान् रोम-कुलपुत्रान् (Titos) कामुककाव्यश्रवणेन कम्पमानान् पश्येत्।

Annotations:

- O curas hominum... (अहो नराणां चिन्ताः!): Persius opens with a famous sigh about human vanity, setting a Stoic tone. The Sanskrit śūnyatvam (emptiness/void) perfectly captures inane.
- Polydamas et Troiades (पॉलिदमस् तथा ट्रॉय-नार्यः): A direct reference to Homer's Iliad (22.100), where Hector fears the judgment of Polydamas and the Trojan women. Persius uses this to mock the Roman elite's judgment.
- Labeonem (लाबिओ): Attius Labeo, a contemporary hack poet who supposedly produced a terrible translation of the Iliad. Persius is asking, "Should I care if the foolish public prefers a bad poet over me?"
- Trutina (तुलायन्त्रे): The "balance" or "scale." Persius tells his interlocutor not to step onto the "crooked scale" (inprobum in illa castiges trutina) of public opinion.
- Titos (रोम-कुलपुत्रान्): The "Titi" were members of the Roman equestrian order. Persius describes them reacting to the poetry recitation not with intellectual appreciation, but with physical, almost sexual arousal (carmina lumbum intrant), highlighting the decadence of Roman literary culture.

द्वितीयः भागः: यशसः भ्रमः मिथ्यास्तुतिः च (२४-६२ पङ्क्तयः)

Sanskrit Translation: किं त्वं, हे वृद्ध, अन्येषाम् कर्णेभ्यः अन्नं सङ्कलयसि? तादृशेभ्यः कर्णेभ्यः येभ्यः त्वं श्रान्तः सन् 'अलम्' इति वदेः। "किं पठनस्य फलं, यदि अन्तः स्थितं ज्ञानम्, वक्षः विदार्य अञ्जीरवृक्षः (caprificus) इव न बहिरायाति?" पश्य पाण्डुरतां वार्धक्यं च! अहो शीलम्! किं तव ज्ञानं तावत् शून्यं यावत् अन्यः न जानाति यत् त्वं जानासि? "परन्तु अङ्गुल्या निर्देशितं भवितुं, 'एषः सः' इति श्रोतुं च सुन्दरमस्ति! किं त्वं शतशः कुलीनबालकानां पाठ्यपुस्तकेषु स्वकाव्यस्य पठनं मूल्यहीनं मन्यसे?" पश्य, मदिरापाने मत्ताः रोम-पुत्राः (Romulidae) पृच्छन्ति यत् दिव्यानि काव्यानि किं कथयन्ति। तत्र कश्चित् जाम्बव-वर्णीयम् आच्छादनं धृत्वा, नासिकया गद्गदस्वरेण, 'फिल्लिस्' (Phyllis) अथवा 'हिप्सिपाइल्' (Hypsipyle) इत्यादीनां शोकाकुलकवीनां कथां सुकोमलतालव्येन श्रावयति। पुरुषाः अनुमोदन्ते: "किं सम्प्रति अस्य कवेः भस्म धन्यं न जातम्? किं तस्य अस्थीनि शिलायाः भारं लघुं न अनुभवन्ति?" यदि अहं किमपि उत्तमं लिखामि—यद्यपि एतत् दुर्लभम्—तथापि यदि तत् उत्तमं भवति, तर्हि अहं प्रशंसां न बिभेमि; यतः मम हृदयम् अश्मवत् कठोरं नास्ति। परन्तु तव 'साधु' (euge) तथा 'सुन्दरम्' (belle) इति शब्दाः एव सत्यस्य अन्तिमावधिः इति अहं न स्वीकरोमि। तव 'सुन्दरम्' इत्यस्य अन्तः किम् अस्ति? किं तत्र लाबिओ-कवेः उन्मत्ता इलिअड्-कथा नास्ति? किं तत्र कुलीनानां जीर्ण-काव्यानि न सन्ति? भवान् दरिद्राय जीर्णवस्त्रं ददाति, सुस्वादु-भोजनं च ददाति, ततः

वदतिः "अहं सत्यम् इच्छामि, मम विषये सत्यं वदतु।" सः कथं शक्नुयात्? किं त्वं इच्छसि यत् अहं वदानि? हे खल्वाट, त्वं मूर्खः असि, यस्य उदरं सार्धपादपरिमितं लम्बते!

Annotations:

- Caprificus (अञ्जीरवृक्षः): The wild fig tree known for splitting rocks as it grows. Persius uses this as a metaphor for the vain poet's irrepressible urge to burst forth and show off his learning.
- Digito monstrari et dicier hic est (अङ्गुल्या निर्देशितं भवितुं, 'एषः सः' इति श्रोतुं): "To be pointed at with a finger and have it said 'there he is!'" A famous phrase denoting public celebrity, which the Stoic Persius finds pathetic.
- Romulidae (रोम-पुत्राः): "Sons of Romulus," used ironically here to describe the degenerate, wine-soaked aristocrats feigning literary taste at banquets.
- Phyllidas Hypsipylas (फिल्लिस् अथवा हिप्सिपाइल): Heroines of mythological tragedies. Persius mocks the preference for overly emotional, mythological drivel over writing that deals with real moral issues.
- Cornea fibra (अश्मवत् कठोरं): Literally "a heart made of horn." Persius says he isn't entirely immune to praise (his heart isn't horn/stone), but he rejects the idea that superficial applause (euge and belle) is the ultimate goal of art.
- Pinguis aqualiculus (उदरं सार्धपादपरिमितं): "A fat paunch." Persius brutally undercuts the wealthy patron's delusion of grandeur by pointing out his physical and moral gluttony.

तृतीयः भागः: काव्यरुचेः पतनम् (६३-१०६ पङ्क्तयः)

Sanskrit Translation: अद्यत्वे जनानां चर्चा का अस्ति? केवलम् एतत् यत् काव्यानि अधुना कोमलछन्दसि प्रवहन्ति, यथा शिल्पी नखेन घर्षयित्वा पृष्ठं स्निग्धं करोति। सः पद्यं तथा रचयति यथा एकेन नेत्रेण रक्तां रेखाम् (rubricam) पश्यति। पश्य, अद्य वयं तादृशान् जनान् पश्यामः ये ग्रीक्-भाषया तुच्छं वक्तुम् अभ्यस्ताः, वीररसस्य वर्णनं कुर्वन्ति, परन्तु ते अरण्यस्य वा कृषिक्षेत्रस्य वा सम्यक् वर्णनं कर्तुं न शक्नुवन्ति, यत्र सूपाः, अग्निः, शूकरः, पलालधूम्रयुक्तः पालिलीया-उत्सवः (Palilia) च सन्ति। यदा भवान् पश्यति यत् पितरः स्वबालकेभ्यः पकुविअस-कवेः (Pacuvius) दुःखमय-कथाः पाठयन्ति, तदा किं भवान् पृच्छति यत् इयं भाषायाः खिचडी (sartago loquendi) कुतः आगता? कुतः एषः कलङ्कः, यत्र मूर्खः भवतः पुरतः आसन्देषु उपविश्य उल्लासं करोति? "त्वं चौरः असि" इति सः पेडिअस्-नामकं (Pedius) वदति। पेडिअस् किं करोति? सः स्वस्य आरोपान् अलङ्कृत-शब्देषु तोलयति। तस्य अलङ्काराणां प्रशंसा भवतिः "एतत् सुन्दरम्!" एतत् सुन्दरम्? किं भवान् श्वानवत् पुच्छं चालयति? किं सः माम् भावयितुं शक्नोति? यदि भग्नपोतस्य नाविकः गानं गायति, तर्हि किं अहं तस्मै धनं दास्यामि? यः मां स्वस्य शोकेन नमयितुम् इच्छति, तेन सत्यमेव रोदितव्यम्, न तु रात्रौ सज्जं कृतं काव्यं गानीयम्। "परन्तु छन्दसि सौन्दर्यम् अस्ति," ते वदन्ति। पश्यन्तु एतानि काव्यानिः "बेरेसिन्थियन-अत्तिस्..." (Berecyntius Attis) "डॉल्फिन-मत्स्यः..." (delphin) "अपिनाइन्-पर्वतः..." (Appennino)। किं एतत् शुष्कवृक्षस्य वल्कलं इव फेनिलम् अज्ञानं च नास्ति?

Annotations:

- Per leve severos effundat iunctura unguis (नखेन घर्षयित्वा पृष्ठं स्निग्धं करोति): A metaphor from sculpting. Modern poetry is praised if it is perfectly smooth so a fingernail glides over the joints without catching. Persius views this smoothness as superficial and lacking moral substance.
- Palilia (पालिलीया-उत्सवः): A rustic Roman festival connected to the founding of Rome. Persius criticizes poets who try to write grand epics without understanding the simple, foundational rural roots of Roman virtue.

- Sartago loquendi (भाषायाः खिचडी): Literally a "frying pan of speech." Translated here as a khichdi (hodgepodge) of language, referring to the mixed, pretentious vocabulary of modern writers.
- Pedius (पेडिअस्-नामकं): A reference to Pedius Blaesus, accused of extortion. When accused of theft, instead of defending his honor simply, he delivers a highly stylized, rhetorically polished speech. Persius asks if a shipwreck survivor would get sympathy if he sang a beautifully composed song about it. True grief and defense require raw truth, not artificial polish.
- Berecyntius Attis / Nerea delphin (बेरेसिन्थियन-अत्तिस् / डॉल्फिन-मत्स्यः): Persius quotes examples of the overblown, Hellenistic mythological poetry popular in Nero's court. He likens it to a dried-out, spongy bark (ramale vetus).

चतुर्थः भागः: व्यङ्ग्यकारस्य लक्ष्यम् (१०७-१३४ पङ्क्तयः)

Sanskrit Translation: "परन्तु कटु-सत्येन कोमल-कर्णान् घर्षयितुं किं प्रयोजनम्? सावधानो भव, मा कदाचित् धनिकानां द्वारं तव कृते शीतलं भवेत् (ते त्वां बहिष्कुर्युः)। अत्र श्वानस्य अक्षरं (canina littera) ध्वनति।" मम कृते सर्वं श्वेतं (शुभं) भवतु; अहं न चिन्तयामि। साधु! यूयं सर्वे अतीव आश्चर्यजनकाः भविष्यथ। किं एतत् रोचते? भवान् वदति: "अत्र मलत्यागः निषिद्धः।" तर्हि द्वौ सर्पौ चित्रय: "हे बालकाः, अयं पवित्रः स्थानः, अत्र मूत्रं मा कुरुत!" अहं गच्छामि। लूसिलियस् (Lucilius) नगरं छिन्नवान्, हे लुपस्, हे म्यूसिअस्, सः भवतः उपरि स्वदन्तान् भञ्जितवान्। होरेस्-कविः (Flaccus) हसन् मित्रस्य सर्वं दोषं स्पृशति, हृदये प्रविश्य क्रीडति, अज्ञानेन जनान् नासिकया लम्बयितुं निपुणः अस्ति। किं मम कृते किञ्चिदपि वक्तुम् अनुचितम् अस्ति? न रहस्येन, न गर्ते? कुत्रापि न? अहं अत्र खनिष्यामि। मया दृष्टम्, हे मम पुस्तके, मया स्वयं दृष्टम्: कस्य गर्दभस्य कर्णाः न सन्ति? मम एतत् रहस्यम्, मम एषः उपहासः, यः किञ्चिदपि नास्ति, अहं भवतः कस्मैचिदपि इलिअड्-काव्याय न विक्रीणामि। ये केऽपि साहसिक-क्रटिनस् (Cratinus), क्रुद्ध-यूपोलिस् (Eupolis), तथा महान् वृद्ध-कविः (sene) इत्येतेभ्यः प्रभाविताः सन्ति, ते एतत् पश्यन्तु, यदि अत्र किमपि शुद्धतरं शृण्वन्ति। तेषां श्रवणेन मम काव्यं ज्वलतु। परन्तु यः ग्रीक्-जनानां पादुकयोः उपरि हसितुम् इच्छति, यः काणाय 'हे काण' इति वदति, यः आत्मानं महान्तं मन्यते यतः सः कश्चित् प्रान्तीय-अधिकारी (aedilis) सन् त्रुटिपूर्णं मापनपात्रं भञ्जितवान्—तादृशाः जनाः अत्र न आगच्छन्तु। यः गणितस्य रेखासु वा धुलौ निर्मितेषु ज्यामितीय-चित्रेषु हसति, सः मम वाचकः न। तेभ्यः अहं प्रातःकाले न्यायालयस्य घोषणां, मध्याह्ने च वेश्यानां सङ्गीतं ददामि।

Annotations:

- Canina littera (श्वानस्य अक्षरं): The "dog's letter," meaning the letter 'R', which rolls off the tongue like a dog's growl (r-r-r-r). The interlocutor warns Persius that his satire sounds too aggressive, like a snarling dog, and will alienate wealthy patrons.
- Pinge duos anguis (द्वौ सर्पौ चित्रय): In Rome, painting two snakes on a wall marked the spot as sacred (dedicated to the local Genius), serving as a sign to deter people from urinating or defecating there. Persius mockingly agrees to treat modern poetry as "sacred" ground that he shouldn't defile with his satire.
- Lucilius / Flaccus (लूसिलियस् / होरेस्-कविः): Persius lists his predecessors. Lucilius was the fierce, aggressive founder of Roman satire. Flaccus (Horace) was the gentler satirist who playfully pointed out friends' flaws while making them laugh. Persius is asking why he is not allowed to mutter his own criticisms.
- Auriculas asini (गर्दभस्य कर्णाः): A direct allusion to the myth of King Midas, who was cursed with donkey's ears for preferring the music of Pan over Apollo. Midas's barber dug a hole in the ground to whisper the secret. Persius says he will bury his secret in his book: everyone in Rome has ass's ears (meaning terrible literary taste).
- Cratinus, Eupolis, praegrandi cum sene (क्रटिनस्, यूपोलिस्, तथा महान् वृद्ध-कविः): The great trio of Old Greek Comedy: Cratinus, Eupolis, and Aristophanes (the "grand old

man"). Persius claims them as his true spiritual ancestors because they boldly spoke truth to power and mocked societal decay.

- Aedilis (प्रान्तीय-अधिकारी): Persius rejects low-brow readers who think they are important because they hold a petty provincial office (like an aedile breaking false measuring jugs at the market), or those who mock physical defects (like calling a one-eyed man "one-eye"). He wants readers with philosophical depth.

प्रथमः भागः: निष्कपटसङ्कल्पः विरुद्धं गुप्तलोभः च (१-१६ पङ्क्तयः)

हे मक्रिनस् (Macrinus), इमं मङ्गलदिवसं श्रेष्ठमण्या (meliore lapillo) गणय, यः तव सरतः आयुषः वर्षान् शुभ्रत्वेन योजयति। स्वकीयपितृदेवाय (Genio) शुद्धमदिरार्पणं कुरु। त्वं तु तादृश्या क्रयविक्रयरूपया स्वार्थपूर्णया प्रार्थनया (prece emaci) देवान् न याचसे, यां केवलं रहसि एकान्ते एव देवेभ्यः कथयितुं शक्नुयाः।
परं कुलीनानां महत्तमः भागः तूष्णींभावेनैव धूपपात्रे हवनं करिष्यति। सर्वेषां कृते सुलभं नास्ति यत् ते मन्दध्वनिं नीचैः फुत्फुत्कारं च मन्दिरात् निष्कास्य विवृतसङ्कल्पेन (aperto voto) लोकसमक्षं जीवेयुः।
"उत्तमं मनः, कीर्तिः, श्रद्धा च"—एतत् तु उच्चैः कथ्यते येन परकीयः अतिथिः शृणुयात्। परं अन्तः एव रसनायाः अधः सः जपति—
"अहो, यदि मम धनिकः पितृव्यः (patruus) शीघ्रं म्रियेत, कियत् भव्यं शवयानं भवेत्!"
तथा च "अहो, यदि अनुकूलहेरक्युलिस-प्रसादात् (dextro Hercule) मम कुद्दालस्याधः कश्चित् रजतकुम्भः खन्येत!"
"उत अहो, यदि अहं तं पितृहीनं अनाथबालकम् (pupillum), यस्य मुख्यः उत्तराधिकारी अहमेव अस्मि, सूचीतः निष्कासयेयम् (यमलोकं नयेयम्)! यतो हि सः कण्डूरोगाक्रान्तः तीक्ष्णपित्तेन च पूरितः अस्ति।"
"पश्य, नेरिओ-नाम्नः (Nerio) भाग्यशालिनः पुरुषस्य तृतीया भार्या अपि अधुना श्मशाने स्थापिता अस्ति (अहो सः पुनः पुनः धनं प्राप्नोति)!"
एतादृशाः अपवित्राः प्रार्थनाः पवित्रतया कर्तुं किं त्वं प्रातःकाले टाइबर-नद्याः (Tiber) जले द्विवारं त्रिवारं वा शिरः मज्जयसि, रात्रेः पापानि च नद्याः प्रवाहेण प्रक्षाल्य कल्पयसि?

टिप्पणी

- Meliore lapillo (श्रेष्ठमण्या/श्वेतेन पाषाणेन): A direct reference to the Roman Thracian custom of marking lucky or happy days with a white stone (albus lapis) and sad days with a black one. Persius wishes Macrinus a happy birthday by telling him to mark it with a choice stone.
- Genio (पितृदेवाय/कुलदेवताय): The Genius was the divine inner spirit inherent in every Roman man, celebrated especially on birthdays with offerings of wine and flowers, but notably without animal blood.
- Prece emaci (क्रयविक्रयरूपया प्रार्थनया): Literally, "a mercenary or buying prayer." Persius attacks the transactional nature of corrupt Roman religion, where people try to barter with or bribe the gods.
- Ebulliat patruus (पितृव्यः म्रियेत): A colloquial, slightly vulgar Latin idiom for dying (literally "to bubble over" or "boil away"). The hypocrite prays for his uncle's death under his breath while feigning piety.
- Dextro Hercule (अनुकूलहेरक्युलिस-प्रसादात्): Hercules was worshiped by Romans as the bringer of sudden good luck, windfalls, and hidden treasures.
- Pupillum (पितृहीनं बालकम्): A ward under guardianship. The corrupt guardian wishes for the sick child's death so he can legally inherit the child's estate.

- Nerio iam tertia conditur uxor (नेरिओ-नाम्नः तृतीया भार्या): Nerio was a well-known usurer or wealthy man. His wives brought large dowries, and since he was burying his third wife, he was inheriting fortune after fortune. The speaker envies this dark luck.

द्वितीयः भागः: ढोंगिनां प्रति प्रश्नः देवानां न्यायः च (१७-३० पङ्क्तयः)

भोः, अत्र आगच्छ, वद तावत्—मम जिज्ञासा अतीव अल्पा अस्ति—ज्युपिटर-देवस्य (love) विषये किं चिन्तयसि? किं भवान् तम् अस्य कस्यचित् मानवस्य पुरतः स्थापयितुं (श्रेष्ठं मन्तुं) इच्छति? "कस्य पुरतः?" कस्य इति? किं स्तैइअस् (Staius) नाम्नो मनुष्यस्य पुरतः? किं भवान् संशये पतति? कः श्रेष्ठः न्यायाधीशः, अनाथबालकानां कः उत्तमः रक्षकः?
तर्हि, येन पापिष्ठेन वचनेन भवान् ज्युपिटर-देवस्य कर्णं ताडयितुं प्रयतते, तत् वचनं स्तैइअस्-नामकं मर्त्यं वदतु। सः एव आक्रोशं कुर्यात्—"अहो ज्युपिटर! अहो दयालो ज्युपिटर!" परं किं स्वयं ज्युपिटर-देवः एतत् श्रुत्वा न आक्रोशेत्?
किं त्वं मन्यसे यत् देवेन त्वं क्षमितः असि, यतः यदा गगनं स्तनति (विद्युत् पतति), तदा तव शरीरात् तव गृहात् च पूर्वं कश्चित् ओक-वृक्षः (ilex) पवित्रेण गन्धकेन वज्रेण छिन्नो भवति? अथवा किं त्वं पुरोहितस्य आदेशेन मेषबलिं दत्त्वा वज्रपातस्थाने (bidental) न मृतः शोषं गतः असि, अतः ज्युपिटर-देवः स्वस्य श्मश्रुं (barbam) तव कृते त्रोटयितुं ददाति, त्वां च मूर्खं मत्वा उपेक्षते? देवानां कर्णौ क्रेतुं तव समीपे किं मूल्यम् अस्ति? किं केवलं पशूनां घृतयुक्तं फुफ्फुसम् आन्त्रं च?

टिप्पणी

- Staio (स्तैइअस्): A contemporary Roman figure, likely a notoriously corrupt judge or guardian. Persius uses a brilliant rhetorical trick: if your prayers are so wicked that even a corrupt human like Staius would cry out in horror, how can you expect Jupiter to listen to them?
- Sulpure sacro (गन्धकेन वज्रेण): Refers to the sulfurous smell associated with lightning strikes.
- Ergennaque iubente... bidental (पुरोहितस्य आदेशेन... वज्रपातस्थाने): Ergenna is an Etruscan name for a haruspex (diviner). A bidental was a spot struck by lightning, which became sacred (triste lucis) and dangerous. It had to be expiated by sacrificing a sheep (bidens) and enclosed. Persius notes that just because a lightning bolt missed the sinner and hit a tree instead, the sinner foolishly assumes he is innocent.
- Vellere barbam (श्मश्रुं त्रोटयितुम्): Pulling a god's beard implies treating the deity with utter contempt, as if Jupiter were a foolish, harmless old man who can be appeased with gross animal fat (pulmone et lactibus unctis).

तृतीयः भागः: अन्धविश्वासः विरोधाभासपूर्णाः प्रार्थनाः च (३१-५१ पङ्क्तयः)

संस्कृत-गद्य-अनुवादः

पश्य, काचित् मातामही अथवा देवभीरुः पितृष्वसा (matertera) दोलायाः शिशुं निष्कास्य, तस्य भालं आर्द्रौ ओष्ठौ च प्रक्षालयति। सा निपुणा नारी पापमुक्तायाः लालायाः (saliva) प्रयोगं कृत्वा तं बालकं दृष्टिदोषात् (urentis oculos) रक्षति। ततः सा तं शिशुं हस्तेन कम्पयति, स्वस्य कृशां आकाङ्क्षां च प्रार्थनारूपेण लिसिनिअस्-नामकस्य (Licinius) क्षेत्रेषु क्रैसस्-नामकस्य (Crassus) वा प्रासादेषु प्रेषयति—

"अस्य बालकस्य जामाता राजा राज्ञी च भवेताम्! कुलीनकन्याः एनं बलात् कामयेयुः! यत्र यत्र अयं बालः चलति, तत्र तत्र भूमिः गुलाबपुष्पिणी (rosa) भवतु!"
परम् अहं मम बालकाय तादृशीं धात्रीं (nutrici) न कदापि दास्यामि। हे ज्युपिटर, सा श्वेतवस्त्रं धृत्वा मन्दिरे यदि याचेत, तथापि एतां मूढां प्रार्थनां मा शृणु।
त्वं स्वशरीरस्य बलम्, वृद्धकाले च विश्वस्तं वपुः याचसे। अस्तु, एतत् तु उचितम्; परं तव विशालाः भोजनस्थाल्यः (patinae) स्थूलाः मांसरसाः (tucceta) च देवान् तथा कर्तुं प्रतिरुन्धन्ति, ज्युपिटर-देवं च वरदानं दातुं विलम्बयन्ति।
भवान् वृषभं हत्वा धनं वर्धयितुम् इच्छति, मरकुरी-देवं (Mercurium) च आवाहयति—"मम कुलदेवताः समृद्धाः कुरु, मम पशुभ्यः सन्ततिं देहि!" इति। अहो मूर्ख, कथं सम्भवति, यदा तव बालानां गवीनां वपाः (omenta) मन्दिरस्य अग्नौ निरन्तरं विलीयन्ते? तथापि सः पशुबलिना अन्नबलिना च देवान् जेतुं प्रयतते—"अधुना मम क्षेत्रं वर्धते, अधुना गोष्ठं वर्धते, अधुना धनं प्राप्स्यते!"—यावत् वञ्चितः हताशः च भूत्वा तस्य अन्तिमः कर्षः (nummus) सम्पुटकस्य अधः वृथा एव निश्वसिति।

टिप्पणी

- Lustralibus salivis (पापमुक्तायाः लालायाः): An ancient Roman superstition where human saliva, specifically applied with the middle finger (infami digito), was believed to ward off the evil eye and malicious spells (urentis oculos).
- Licini... Crassi (लिसिनिअस्... क्रैसस): Standard Roman types for extreme, unimaginable wealth. Licinius was a notoriously rich freedman of Augustus; Crassus was the famous triumvir whose name became synonymous with gold.
- Grandes patinae tuccetaque crassa (भोजनस्थाल्यः स्थूलाः मांसरसाः): A cutting medical and moral insight from Persius. The upper-class Roman prays for a healthy, long life (corpus fidele senectae) while simultaneously destroying his body by gorging on heavy, fatty luxurious foods (tucceta).
- Mercurium (मरकुरी-देवम्): The Roman god of trade, commerce, and financial gain.
- Fundo suspiret nummus in imo (अन्तिमः कर्षः अधः निश्वसिति): A vivid metaphor. The greedy man spends all his money buying sacrifices to ask for more wealth, until only one single coin (nummus) is left at the bottom of his empty money chest, "sighing" in vain.

चतुर्थः भागः: मन्दिरे सुवर्णस्य व्यर्थता शुद्धात्मा च (५२-७५ पङ्क्तयः)

संस्कृत-गद्य-अनुवादः (Sanskrit Translation)

यदि अहं तुभ्यं रजतस्य पात्राणि सुवर्णेन उत्कीर्णानि उपहाराणि च दद्याम्, तर्हि तव आनन्देन प्रकम्पमानं हृदयं वामवक्षसः स्वेदबिन्दून् निष्कासयेत्। एतस्मात् एव अयं दोषः तव मनसि आयाति यत् त्वं देवानां पवित्रमुखानि विजयार्जितेन सुवर्णेन (auro ovato) लिम्पसि। यतो हि ये कांस्यभ्रातरः (fratres inter aenos) अस्मान् कफदोषमुक्तानि पवित्राणि स्वप्नानि प्रेषयन्ति, ते एव मन्दिरे प्रधानाः भवन्ति, तेषां श्मश्रुः च सुवर्णमयी क्रियते!
सुवर्णेन नुमा-राजस्य (Numae) प्राचीनमृत्पात्राणि, सैटर्न-कालस्य (Saturnia) कांस्यघटाः, वेस्ता-देवीनां (Vestalis) पवित्रभाजन्नानि, तस्कन-देशस्य (Tuscum fictile) मृत्तिका च मन्दिरात् दूरं कृता।
अहो पृथिव्यां कुटिलाः अवनताः आत्मानः (curvae in terris animae), दिव्यज्ञानशून्याश्च! देवानां पवित्रस्थानेषु अस्माकं मानुषीं विकृतिं प्रवेशयितुं, एतस्मात् पापात् विकृतात् शरीरात् (scelerata pulpa) च देवेभ्यः सुखं कल्पयितुं किं फलम्? एषः मानवः एव सुगन्धितं तैलं रसायनेन दूषयति, एषः एव कम्बलानां कृते कृत्रिमं रङ्गं करोति, एषः एव मुक्ताफलानां चूर्णीकरणं करोति, सुवर्णं च धूलेः निष्कासयति। एषः पापं करोति, परं तस्य पापस्य भोगं करोति।

परं यूयं वदत, हे पुरोहिताः (pontifices), मन्दिरे सुवर्णस्य किं कार्यम्? केवलं तावदेव यावत् कुलीनकन्याभिः विवाहात् पूर्वं वीनस-देव्यै दत्ताः क्रीडनकरूपाः पुत्तलिकाः (pupae)!
किं न वयं देवेभ्यः तत् उपहारीकुर्मः, यत् महान् मेसाला-वंशस्य (Messallae) दृष्टिहीनः निर्बुद्धिः वंशजः स्वस्य विशालायाः सुवर्णस्थाल्याः अपि दातुं न शक्नोति? तत् किम्?
मनसि न्यायस्य धर्मस्य च सन्तुलनम् (conpositum ius fasque), बुद्धेः पवित्राः अन्तरङ्गाः कोणाः, उद्वारेण निश्छलेन च धर्मेण परिकल्पितं हृदयम्।
एतानि पवित्रभावानि मया मन्दिरं प्रति नेयानि, ततः केवलं मुष्टिमात्रेण अन्नेन (farre) अपि अहं देवान् पूर्णतः प्रसन्नान् करिष्यामि।

टिप्पणी

- Fratres inter aenos (कांस्यभ्रातरः): Literally "bronze brothers." This likely refers to the statues of the fifty sons of Aegyptus which stood in the portico of the Palatine Apollo temple in Rome. They were believed to dispense prophetic oracle-dreams to overnight sleepers, and those whose dreams were most accurate (pituita purgatissima - free of phlegm) were rewarded by voters with gilded beards.
- Vasa Numae / Saturnia aera (नुमा-राजस्य मृत्पात्राणि): Numa Pompilius was the legendary second king of Rome who established its original, simple religious rites. In those ancient times (the Golden Age of Saturn), temples used simple bronze (aera) and rustic Tuscan pottery (Tuscum fictile). Persius laments that modern gold has driven out this archaic purity.
- O curvae in terris animae (अहो पृथिव्यां कुटिलाः आत्मानः): "O souls bowed down to earth!" A soaring Stoic critique of humanity. Minds that look only downward to material gain (gold, physical pleasures) are completely hollow of heavenly or philosophical understanding (caelestium inanes).
- Scelerata pulpa (विकृतात् शरीरात्/पापमांसात्): A remarkably visceral Stoic expression. Persius views human luxury as a corruption of nature, using the word pulpa (flesh/pulp) rather than corpus to emphasize its decaying, animalistic nature.
- Veneri donatae a virgine pupae (वीनस-देव्यै दत्ताः पुत्तलिकाः): Before getting married, Roman girls traditionally dedicated their childhood dolls (pupae) to the Lares or to Venus to mark their transition to adulthood. Persius argues that gold in temples has exactly the same spiritual value—none; it is just a useless toy to the gods.
- Messallae lippa propago (मेसाला-वंशस्य दृष्टिहीनः वंशजः): Refers to a contemporary decadent nobleman from the grand Messalla family who suffered from eye disease (lippus), which Persius links directly to moral blindness.
- Conpositum ius fasque (न्यायस्य धर्मस्य च सन्तुलनम्): This is the core of Stoic theology. God desires interior righteousness (ius - human law/justice; fas - divine law/duty) and a noble character (generoso honesto), not expensive institutional displays.
- Farre litabo (मुष्टिमात्रेण अन्नेन): Far is spelt or coarse grain used in the simplest traditional Roman offerings (mola salsa). Persius concludes with a sentiment identical to the Bhagavad Gita (9.26): if the mind is pure, the smallest, humblest material offering is completely sufficient to win the grace of the divine.

आलस्-फ्लैकस्-पर्शियस्-महाभागेण विरचिता इयं तृतीया वक्रोक्तिः (Satura III) मानवाणाम् आलस्यं, विलासितां, नैतिकपतनं च कशया ताडयति, आत्मज्ञानस्य च मार्गं दर्शयति। एषः तस्य संस्कृतानुवादः सविस्तरटिप्पणी च।

प्रथमः भागः: प्रभातकालस्य आलस्यं क्रोधश्च (१-१८ पङ्क्तयः)

संस्कृत-गद्य-अनुवादः

"नूनम् एष एव तव नित्यक्रमः! अधुना स्पष्टं प्रभातं गवाक्षेषु प्रविशति, प्रकाशेन च संकुचिताः भित्तिसन्धयः विस्तीर्णाः भवन्ति। वयं तु तावत् पर्यन्तं श्वासं मुञ्चन्तः प्रगाढं स्वपिमः, येन गतदिने पीतः अदम्यः फालर्नियन-मदिरारसः (Falernum) शरीरे जीर्णो भवेत्; पश्य, सूर्यघटिकायाः पञ्चम्यां रेखायां च्छाया प्राप्ता अस्ति। अहो, किं करोषि त्वम्? उन्मत्तः शुष्कनक्षत्र-विशेषः (canicula) सस्यानि बहुकालात् पचति, सर्वे गोमहिषाद्याः पशवः विशालायाः उदुम्बरवृक्षस्य च्छायायाम् अधः आश्रितानि सन्ति।" इति तस्य आलसिनः धनिकयुवकस्य सखिषु एकः अवदत्।
"किं सत्यम्? एवम् एव किम्? शीघ्रम् अत्र कश्चित् सेवकः आयातु! न कोऽपि अस्ति?"
इति वदतः तस्य कूप्या निर्मिता इव तीक्ष्णपित्तज्वाला (vitrea bilis) शरीरे वर्धते। "अहं क्रोधेन विदीर्ये!"—तस्य आक्रोषः तादृशः अस्ति यथा आर्केडिया-देशस्य (Arcadiae) गर्दभाः वा पशवः उच्चैः रवेयुः। अधुना तस्य हस्ते लेखनार्थं शोधितः द्विवर्णः चर्मपटः (membrana), चर्मपत्राणि, ग्रन्थिमान् वेणुदण्डः (calamus) च आयाति। ततः सः कार्यं कर्तुम् अनिच्छन् दोषं कल्पयति—"अहो, वेणौ स्थूलः मसीरसः लम्बते; अहो, जलसिक्ता इयं कृष्णमसी (sepia) नश्यति; जलस्य बाहुल्यात् अयं वेणुदण्डः द्विविधं बिन्दुं भूमौ मुञ्चति" इति सः परिदेवयामास।

टिप्पणी

- Falernum (फालर्नियन-मदिरारसः): Ancient Rome's most famous, potent luxury wine from Campania. The lazy youth is sleeping off a heavy hangover from the night before.
- Quinta linea (पञ्चमी रेखा): The fifth line on the Roman sundial, marking approximately $11:00\text{ AM}$. The day is half gone, yet the youth is just waking up.
- Canicula (शुष्कनक्षत्र-विशेषः): The "Dog Star" (Sirius). In Roman astronomy, the rising of the Dog Star coincided with the hottest days of summer (dies caniculares), which supposedly dried out crops and made cattle sluggish.
- Vitrea bilis (काचमयी पित्तज्वाला): Literally "glassy bile." A Roman medical idiom indicating a sharp, glassy, or transparently volatile temper flash.
- Arcadiae pecuaria (आर्केडिया-देशस्य पशवः): Arcadia was a pastoral region of Greece famous in Roman literature for its rustic qualities and notoriously loud, braying donkeys.
- Membrana / Sepia (चर्मपटः / कृष्णमसी): The writing materials. Membrana is parchment prepared from animal skin, smoothed out with pumice. Sepia refers to the ink made from the ink-sac of the cuttlefish, which would run into translucent blobs if too much water (lympha) was added. The boy blames his tools rather than his lack of discipline.

द्वितीयः भागः: राजपुत्रवत् व्यवहारः अपक्वघटतुल्यता च (१९-३४ पङ्क्तयः)

संस्कृत-गद्य-अनुवादः

अहो शोचनीय युवक, दिने दिने अधिकं शोचनीय! किं वयम् ईदृशीं हीनां स्थितिं प्राप्ताः? किमर्थं त्वं सुकोमलकपोत इव, अथवा राजपुत्राणाम् इव सूक्ष्मं चूर्णीकृतं भक्ष्यं (pappare) न याचसे? क्रुद्धः सन् धात्र्याः अङ्के लोरी-गानं (lallare) किमर्थं तिरस्करोषि?

"परं किम् अहम् ईदृशेन दोषयुक्तेन वेणुना एव पठितुं समर्थः अस्मि?"
कस्मै इमानि मिथ्यावचनानि वदसि? किमर्थम् इत्थं छलं रचयसि? एषा जीवनस्य क्रीडा तव कृते एव अस्ति, न त्व अन्यस्य कृते। त्वं मूढः सन् अन्तः एव रिक्तः भवसि, सर्वैः च अवज्ञायसे। पश्य, यथा आर्द्रेण मृत्तिकापङ्केन (viridi limo) निर्मितः अपक्वः घटः ताडनेन विकृतं त्रुटितं च शब्दं करोति, तथैव तव बुद्धिः अस्ति। त्वम् अधुना आर्द्रः सुकोमलः च मृत्पिण्डः असि; अतः विलम्बं विना तीक्ष्णेन कुलालचक्रेण (rota) निरन्तरं कस्मिंश्चित् सुन्दराकारे कल्पनीयः असि।
परं त्वं मनसि चिन्तयसि—"मम पैतृके क्षेत्रे पर्याप्तं धान्यम् अस्ति, पवित्रं निष्कलङ्कं च कौटुम्बिकं लवणपात्रम् (salinum) अस्ति—मया किं भेतव्यम्?—गृहस्य अग्निरक्षिका स्थाली च पूजिता अस्ति।"
किं एतावत् एव पर्याप्तम्? किं तव फुफ्फुसं गर्वेण पूरयितुं योग्यम् अस्ति यतः त्वं टस्कन-वंशस्य (Tusco stemmate) सहस्रतमः अङ्कुरः असि, अथवा तव वीथिकायां न्यायाधिकारिणं (censorem) राजकीयवस्त्रेण (trabeate) नमस्करोषि? एतान् अश्वालङ्कारान् (phaleras) जनसामान्यस्य पुरतः दर्शय! अहं त्वां तव अन्तः चर्मणः अधः च सम्यक् जानामि (ego te intus et in cute novi)!

टिप्पणी

- Pappare / Lallare (भक्ष्यम् / लोरी-गानम्): Infantile terms. Pappare is a child's word for eating pap/porridge; lallare is a nurse's lullaby. Persius mocks the young man for regressing into a whining infant when faced with hard work.
- Fidelia non cocta (अपक्वः घटः): A brilliant ceramic metaphor. If a clay vessel is not properly baked (non cocta) in the kiln, it sounds dull and hollow when tapped. The youth has a flawed core because his character was never hardened by education.
- Purum et sine labe salinum (निष्कलङ्कं लवणपात्रम्): The silver salt-cellar was a sacred family heirloom in Roman homes, passed down from ancestors, symbolizing decent heritage and baseline competency. The boy thinks inheritance shields him from the need for personal virtue.
- Tusco stemmate (टस्कन-वंशः): The highest tier of Roman aristocracy (like Maecenas) claimed lineage from ancient Etruscan (Tusco) kings.
- Phaleras (अश्वालङ्कारान्): Trappings or military decorations worn on a horse's breastplate. Metaphorically: outward aristocratic decorations used to impress the shallow public.
- Intus et in cute (अन्तः चर्मणः अधः च): A legendary Latin proverb meaning "inside and under the skin." Persius claims that no amount of status can blind a true satirist to an individual's structural moral rot.

तृतीयः भागः: नाट्टा-नामकस्य जडता शासकानां तीव्रपीडा च (३५-६२ पङ्क्तयः)

संस्कृत-गद्य-अनुवादः

किं तव ईषद् अपि लिज्जा नास्ति यत् त्वं शिथिलचारित्र्यस्य पुरुषस्य इव कल्पं जीवसि? परं नाट्टा-नामकः (Natta) पुरुषः अत्र जडः जातः अस्ति। तस्य हृदये पापेन स्थूलं घृतं वृद्धं जातम्, सः दोषबोधशून्यः अस्ति (यतः तस्य विवेक एव नष्टः); सः न जानाति यत् तेन किं नष्टं कृतम्, अगाधे समुद्रे निमग्नः सः पुनः जले बुदबुदम् अपि न करोति!
अहो देवानां महान् पिता (ज्युपिटर)! यदि क्रूरा दुष्प्रवृत्तिः तीव्रविषेण सिक्ता कस्यचित् क्रूरशासकस्य (tyrannos) बुद्धिं चालयेत्, तर्हि तस्य दण्डनार्थम् अन्यं कठोरं मार्गं मा कुरु—
ते केवलं 'सद्गुणम्' (virtutem) पश्येयुः, तं च सदा कृते परित्यज्य अन्तः एव शोकेन विलीनाः भवेयुः!

किं सिसिली-देशस्य कांस्यवृषभस्य (Siculi iuvenci) अन्तः स्थितस्य मानवस्य आक्रोषः अधिकं भयानकः आसीत्? किं वा राजप्रासादानां सुवर्णमयेभ्यः स्तम्भेभ्यः कण्ठस्य अधः लम्बमाना एका असिः (sword of Damocles), या राजानं प्रतिक्षणं कम्पयति, तस्मात् अधिकं भयं जनयति? यदा दुःखी मानवः अन्तः मनसि पाण्डुरः सन् स्वयम् एव वदति—"वयं पतन्तः स्मः, अधोमुखं विनाशं प्रति पतन्तः स्मः"—यत् भयानकं रहस्यं तस्य समीपे शयाना भार्या अपि न जानाति!

टिप्पणी

- Natta (नाट्टा-नामकः पापात्मा): A Roman archetype of a completely degenerate, wealthy profligate. Persius notes a chilling moral reality: Natta is so entirely desensitized by chronic vice that he no longer feels guilt (caret culpa). He is spiritually dead, completely submerged under the waves of his own depravity.
- Virtutem videant intabescantque relicta (सद्गुणं पश्येयुः विलीनाः भवेयुः च): One of the most celebrated lines in Latin poetry. Persius states that the ultimate hell for a wicked ruler is not physical torture, but a clear, unvarnished vision of the beauty of Virtue (Virtus) at the exact moment they realize they have lost it forever.
- Siculi iuvenci (सिसिली-देशस्य कांस्यवृषभः): The Brazen Bull created by Perillus for Phalaris, the tyrant of Agrigentum in Sicily. Victims were roasted alive inside the hollow bronze bull, and their screams sounded like the roaring of a real beast.
- Auratis pendens laquearibus ensis (लम्बमाना असिः): The famous story of the Sword of Damocles. King Dionysius of Syracuse suspended a razor-sharp sword by a single horsehair directly over the neck of Damocles at a lavish banquet to illustrate the continuous, terrifying anxiety of tyrannical power.

चतुर्थः भागः: बाल्यक्रीडा विरुद्धं दार्शनिकज्ञानम् (६३-९३ पङ्क्तयः)

संस्कृत-गद्य-अनुवादः

स्मरामि, यदा अहं बालः आसम्, तदा वारं वारं मम नेत्रेषु तैलं (olivo) लेपयामि स्म, येन अहं रुग्णः दृश्येय; यतो हि अहं मृत्योः सम्मुखे स्थितानि केटो-महाभागस्य (Cato) महान् वचनानि कण्ठस्थं कर्तुं नेच्छामि स्म। तानि शुष्काणि वचनानि मम उन्मत्तेन शिक्षकेण सदा प्रशस्यन्ते स्म, मम पिता च गर्वेण स्वेदाक्तः सन् मित्राणि आहूय मम भाषणं श्रोतुं गच्छति स्म। युक्तम् एव तत् मम कृते तदा; यतः तस्मिन् वयसि मम परमं लक्ष्यं केवलम् एतद् एव आसीत् यत् अक्षपाशकेषु (dice) कः उत्तमः पातः धनं आनेष्यति, कः वा विनाशनकारी पातः (canicula) धनं हरिष्यति; संकुचितकण्ठे कुम्भे कथं कौशलेन गुटिकाः पातनं करणीयम्, कः वा कशया भ्रमरकं (top) वेगेन भ्रामयितुं समर्थः अस्ति।

परं तव कृते कुटिलचरित्राणां ज्ञानम् अधुना अपरीक्षितं नास्ति। त्वं तानि सत्यवचनानि अपि जानासि यानि ईरान-देशस्य वस्त्राणि धृत्वा स्थितानां मेडी-जनानां चित्रेण युक्ता इयं ग्रीक-चित्रवीथिका (Stoa) उपदिशति—यत्र अनिद्रावन्तः, मुण्डितकेशाः यूवानः चणकेन सक्तुना (polenta) च जीवनं यापयन्तः रात्रौ जागृतिं कुर्वन्ति। सामीय-वर्णस्य (Samios littera) यौ द्वौ भागौ, तौ अपि तुभ्यं दक्षिणमार्गेण गच्छन्तं कशिनं धर्मपथं दर्शयतः।

तथापि त्वं श्वासं मुञ्चन् अद्यापि स्वपिषि, शिथिलं च शिरः कृत्वा गतागतस्य मदिरोद्गारं करोषि! किं तव जीवनस्य किमपि लक्ष्यम् अस्ति, यत्र त्वं धनुषः शरं सन्दधासि? अथवा किं त्वं काकान् अनुसरन् लोष्टैः पाषाणैः च विना लक्ष्यं इतस्ततः भ्रमसि, यत्र पादः नयति तत्रैव गच्छन् केवलं तात्कालिकं जीवनं यापयसि? यदा चर्मणि व्याधिः (dropsy) वर्धिष्यते, तदा हरीतकीं (helleborum) याचमानस्य पुरुषस्य यत्नः वृथा एव भवति: आगामी व्याधिं प्राक् एव प्रतिरुन्धत! तदा भिषग्वराय क्रेटेरस्-नाम्ने (Cratero) स्वर्णपर्वतस्य आश्वासनं दातुं किं प्रयोजनम्?

अहो मानवाः, शिक्षत, संसारे वस्तूनां कारणानि च जानीतः वयं के स्मः, कीदृशं जीवनं यापयितुं वयं उत्पन्नाः स्मः; अस्माकं कृते जगति कः क्रमः दत्तः अस्ति, जीवनयात्रायाः अन्तिमभागस्य वलनं कुत्र कथं च भवति;

धनस्य कः मर्यादावादः, किं वा प्रार्थयितुम् उचितम्, तीक्ष्णस्य कर्षस्य (asper nummus) कः वास्तविकः उपयोगः अस्ति; देशाय प्रियबान्धवेभ्यः च कियत् धनं दानं करणीयम्; देवेन त्वं कीदृशः पुरुषः भवितुम् आदिष्टः असि, अस्मिन् मानवे संसारे तव स्थानं कुत्र कल्पितम् अस्ति। एतत् शिक्षस्व! मा च ईर्ष्यां कुरु, यद्यपि कस्यचित् धनिकस्य न्यायवादिनः गृहे उम्ब्रिया-देशस्य (Umbria) घृतयुक्तानि भक्ष्याणि, मरिचं, मर्सिअन्-शूकरमांसं, मत्स्याः च पूतिगन्धं कुर्वन्ति!

टिप्पणी

- Catonis morituri verba (केटो-महाभागस्य वचनानि): Cato the Younger, who committed suicide at Utica rather than live under Julius Caesar's tyranny. Roman schoolboys were forced to write and declaim dramatic imaginary speeches that Cato might have given before dying. Persius admitted he faked illness with olive oil to skip class.
- Canicula (अक्षपाशके विनाशकारी पातः): In Roman dice games (tali), the worst possible throw (four aces) was called the canicula (the bitch), while the highest, winning throw was called the senio.
- Porticus... bracatis inlita Medis (ग्रीक-चित्रवीथिका): The Stoa Poikile (Painted Porch) in Athens, where Stoic philosophy was born. It was decorated with paintings of the victory over the Persians/Medes, who wore trousers (bracatis). The youth in the poem has studied Stoicism, where students live simply on porridge (polenta) and contemplate life.
- Samios littera (सामीय-वर्णः): The letter Y, used by Pythagoras of Samos as a philosophical symbol for human life. The stem represents childhood; the right path is narrow and steep (Virtue), while the left path is wide and easy (Vice).
- Helleborum (हरीतकी-विशेषः): Black hellebore, the standard ancient remedy for madness, melancholy, and physical ailments like dropsy (tumebit cutis). Persius gives a famous medical-moral rule: venienti occurrite morbo (meet the disease as it approaches; don't wait until it's too late).
- Cratero (क्रेटेरस्): A highly famous Roman physician of the late Republic, known to Cicero.
- Umbris / Marsi (उम्ब्रिया / मर्सिअन्): Clients from these regions brought agricultural bribes—hams, sardines, and pepper—to their wealthy Roman lawyers. Persius tells the youth not to envy this clutter of rotting food; wealth does not fix a broken mind.

पञ्चमः भागः: शतपतेः उपहासः विलासिनः मृत्युश्च (९४-१४३ पङ्क्तयः)

संस्कृत-गद्य-अनुवादः

अत्र कश्चित् छागवत् दुर्गन्धयुक्तः सेनायाः शतपतिः (centurion) वदेत्—"यत् अहं जानामि, तत् मम कृते पर्याप्तम् अस्ति। अहं तादृशः भवितुं नेच्छामि यादृशाः अर्केसिलास् (Arcesilas) दुःखिनः सोलोन-महाभागाः (Solones) च आसन्, ये शिरः अवनतं कृत्वा भूमिं पश्यन्तः, अन्तः एव गर्जन्तः मौनं च खादन्तः स्थिताः भवन्ति, ओष्ठौ च प्रसार्य शब्दान् तोलयन्ति, कस्यचित् वृद्धातुरस्य स्वप्नम् इव चिन्तयन्तः—'शून्यात् शून्यं जायते, शून्ये च किमपि विलीनां भवितुं न शक्नोति' इति। किं एतस्मात् एव कारणात् त्वं पाण्डुरः भवसि? किं एतदर्थम् एव कोऽपि भोजनं न कुर्यात्?" एतत् श्रुत्वा जनसामान्यः हसति, स्थूलमांसाः यूवानः च नासिकां कुञ्चयितुं उच्चैः उपहासं कुर्वन्ति।
"पश्यतु, मम हृदये किमपि कम्पते, कण्ठे च गम्भीरः श्वासः बाधते; कृपया मां पश्यतु भिषग्वर!" इति कश्चित् रुग्णः वैद्याय वदति। विश्रामस्य आदेशं प्राप्य, यदा तृतीया रात्रिः तस्य नाडीप्रवाहं शान्तं पश्यति, तदा सः वैद्यस्य अज्ञानेन धनिकस्य गृहात् सुगन्धितं सुरेन्टिन-मदिरारस (Surrentina) स्नानार्थं याचते।
"अहो मित्र, त्वं पाण्डुरः दृश्यसे!"

"न किमपि अस्ति।"
"तथापि पश्यतु, तव चर्मणि गुप्तरूपेण पीतवर्णः वर्धते।"
"परं त्वं मत्तः अधिकं पाण्डुरः असि; मम रक्षकः (tutor) मा भव; अहं मम वास्तविकं रक्षकं बहुकालात् श्मशाने स्थापितवान्, अधुना त्वम् एव अवशिष्टः असि।"
"अस्तु, गच्छ, अहं मौनं धरिष्यामि।"
ततः सः भोजनैः पूरितः, श्वेतेन स्फीतेन उदरेण सह स्नानं करोति, मुखात् च गन्धकयुक्तं दुर्गन्धं मुञ्चति। परं मदिरापाने मत्ते तस्य शरीरे सहसा महान् कम्पः आयाति, हस्तयोः स्थितं उष्णं चषकं (triental) भूमौ पतति, दन्ताः च प्रकम्पन्ते, ओष्ठात् च घृतयुक्तं मांसं स्रवति। ततश्च तूर्यध्वनिः, दीपशिखाः, अन्ते च सः तथाकथितः 'धन्यः' मृतपुरुषः उच्चशय्यायां स्थापितः, सुगन्धितद्रव्यैः सिक्तान् स्वस्य कठोरपादौ द्वारं प्रति प्रसारयति। श्वः एव मुक्ताः दासाः (Quirites) टोपीं धृत्वा तस्य शवयानं स्कन्धेन वहन्ति।
"हे मूर्ख, मम नाडीं स्पृश, मम वक्षसि हस्तं स्थापय। अत्र किमपि उष्णत्वं नास्ति। मम हस्तपादौ पश्य, तानि शीतलानि न सन्ति।"
यदि सहसा मार्गे धनं दृश्येत, अथवा प्रतिवेशिनः सुन्दरी कन्या कोमलं हसेत्, तर्हि किं तव हृदयं नियमानुसारं शान्तं स्पन्दते? यदि तव पुरतः शीतले पात्रे शुष्कं शाकं, केवलं सामान्यं चूर्णं च स्थापितं स्यात्, तर्हि तव रसनां परीक्षामः—तव कोमले मुखे कश्चित् गुप्तः व्रणः (ulcus) अस्ति, यः सामान्यशाकेन व्रणितो भवति! त्वं तदा शीतलं अनुभवसि यदा श्वेतः भयः तव शरीरे रोमाञ्चं जनयति; अधुना कोपेन तव रक्तं ज्वलति, नेत्रे च स्फुलिङ्गं मुञ्चतः—त्वं च तत् वदसि करोषि च, यत् स्वयं प्रमत्तः ओरेस्तेस्-महाभागः (Orestes) अपि 'अयम् उन्मत्तः' इति शपेत्!

टिप्पणी

- Arcesilas / Solones (अर्केसिलास् / सोलोन-दार्शनिकौ): Arcesilaus was a Greek philosopher who led the Academic school; Solon was the legendary lawgiver of Athens. Persius uses them here through the mouth of the vulgar centurion as typical targets for anti-intellectual military mockery.
- Gigni de nihilo nihilum (शून्यात् शून्यं जायते): The classic Epicurean/Stoic physical principle: Ex nihilo nihil fit (Nothing comes from nothing, and nothing can be destroyed into nothing). The centurion thinks this deep metaphysical inquiry is completely useless and causes paleness and loss of appetite.
- Surrentina (सुरेन्टिन-द्राक्षारसः): A premium wine from Sorrento, often recommended by Roman doctors for convalescents, but not meant to be abused before bathing.
- Ne sis mihi tutor (मम रक्षकः मा भव): The stubborn patient treats his doctor like an annoying legal guardian (tutor). He arrogantly says, "I've buried my real guardians; you won't control me."
- Rigidas calces extendit (कठोरपादौ प्रसारयति): A Roman euphemism for death—to stretch one's cold heels out toward the door. Roman bodies were laid out in the atrium with their feet pointing to the exit.
- Hesterni Quirites (श्वः एव मुक्ताः दासाः): Newly freed slaves. It was a custom for Roman masters to free slaves in their wills. These men, now raw Roman citizens (Quirites), wore the pilleus (liberty cap) at the funeral and carried the master's bier as an outward sign of his "generosity."
- Orestes (ओरेस्तेस्-उन्मत्तः): The son of Agamemnon who went famously mad after killing his mother Clytemnestra. Persius ends the satire with a brilliant punch: the lazy aristocrat claims he is perfectly healthy, but his greed, anger, and moral instability are so extreme that even the notoriously insane Orestes would look at him and say, "That guy is completely crazy."

आलस्-फ्लैकस्-पर्शियस्-महाभागस्य इयं चतुर्थी वक्रोक्तिः (Satura IV) मुख्यतयः आत्मज्ञानस्य, राजकीयदम्भस्य, आन्तरिकनैतिकपतनस्य च उपरि प्रकाशं पातयति। एषः संवादः ग्रीक-दार्शनिकस्य

सुक्रातस्य (Socrates) तथा तस्य महत्त्वाकाङ्क्षिणः तरुणशिष्यस्य अल्सिबियादिसस्य (Alcibiades) रूपकेण आरभ्यते, यः आत्मज्ञानं विना एव राष्ट्रस्य नेतृत्वं कर्तुम् इच्छति।

प्रथमः भागः: अपक्वः जननेता राजनैतिकदम्भश्च (१–२२ पङ्क्तयः)

संस्कृत-गद्य-अनुवादः

"किं त्वं प्रजानां महान्ति कार्याणि (राजकार्याणि) सञ्चालयसि?"
मन्यस्व एतत् वचनं सः श्वासश्मश्रुधारी गुरुः (सुक्रातः) वदति, यं प्रमत्तं विषरसस्य (cicutae) दारुणा पाना निष्कासितवती। हे महान् पेरिक्लीस-महाभागस्य (Pericli) अनाथबालक, कस्य बलस्य आश्रयेण त्वं एतत् करोषि? वद तावत्। नूनं तव बुद्धिः जगद्व्यवहारस्य प्रगल्भता च कपोलयोः श्मश्रूणाम् आगमनात् प्राक् एव प्रकटीभूता! त्वं किं वक्तव्यं किं च मौनेन गोपायितव्यम् इति सम्यक् जानासि।
अत एव, यदा क्रुद्धा जनसामान्यस्य लघुप्रीतिः (plebecula) कोपेन प्रज्वलति, तदा तव मनसि विचारः आयाति यत् केवलं हस्तेन सङ्केतं कृत्वा, स्वस्य राजसीयेन प्रभावेण तस्याः उत्तप्तायाः भीरुजनतायाः कोलाहलं शान्तं कुर्याः। तदा भवान् मञ्चे स्थित्वा किं वदिष्यति?
"हे रोमन्-नागरिकाः (Quirites), मम मते एतत् न्याय्यं नास्ति; एतत् कार्यं दुष्टम्, एषः मार्गः अधिकः शुद्धः अस्ति।"
यतो हि त्वं तुलादण्डस्य (librae) उभयोः पात्रयोः न्यायस्य भारं तोलयितुं जानासि; कुटिलमार्गाणाम् मध्ये अपि ऋजुमार्गं (rectum) विविनक्षि; अथवा यदा वक्रदण्डः (regula) स्वकीयेन रूपेण प्रतारयति, तदापि त्वं सत्यं पश्यसि; त्वं च कस्यचित् पापात्मनः नाम्नः पुरतः मृत्युसूचकं कृष्णवर्णं 'थेटा'-चिह्नं (nigrum theta) अङ्कितुं समर्थः असि!
तर्हि त्वं किमर्थं—यः केवलं बाह्यचर्मणा एव सुन्दरः असि परम् अन्तः रिक्तः—अकाल एव अस्याः चाटुकारप्रियायाः मुग्धजनतायाः पुरतः श्वान इव पुच्छं चालयितुं न विरमसि? तव कृते तु एतद् वरं यत् त्वं स्वस्य उन्मादनाशनाय एण्टीसाएरा-द्वीपस्य (Anticyras) शुद्धं तीक्ष्णभेषजं पिवेः!
तव मते जीवनस्य परमं सुखं (summa boni) किम् अस्ति? किं केवलं घृतयुक्तेन सुस्वादु भोजनेन सदा जीवनयापनं, निरन्तरं च सूर्यतापे शरीरे सुगन्धिततैलमर्दनम्? प्रतीक्षस्व, इयं मार्गस्था भिक्षुका वृद्धा अपि तव प्रश्ने ईदृशम् एव उत्तरं दद्यात्। इदानीं गच्छ, उच्चैः कत्थस्व—"अहं सुप्रसिद्धायाः दीनोमाके-देव्याः (Dinomaches) पुत्रः अस्मि, अहं रूपवान् गौरवर्णः च अस्मि!" अस्तु, नाम, एतद् अङ्गीकुर्मः; यावत् पर्यन्तं सा जीर्णवस्त्रा प्राकृतिका वृद्धा बौसिस् (Baucis) त्वत्तो हीना बुद्धिं न धरति, या कस्यचित् सामान्यदासस्य पुरतः मार्गे शाकादीनि विक्रीणन्ती विक्रोशति!

टिप्पणी

- Barbatum magistrum / Cicutae (श्मश्रुधारी गुरुः / विषरसः): A direct, solemn reference to Socrates, the ultimate symbol of philosophical wisdom in antiquity. In 399 BCE, the Athenian democracy sentenced him to die by drinking hemlock (cicuta). Persius introduces him as the historical voice of conscience warning a young politician.
- Magni pupille Pericli (पेरिक्लीस-वंशजः अनाथबालकः): This identifies the young politician as Alcibiades, who was the literal ward (pupillus) of the great Athenian statesman Pericles. In Persius's Rome, this serves as an allegorical mask for the young Emperor Nero, who assumed total absolute imperial power at a very young age (16 years old in 54 CE) under the guidance of his tutor Seneca, relying entirely on pedigree and striking looks rather than mature wisdom.
- Nigrum vitio praefigere theta (कृष्णवर्णं 'थेटा'-चिह्नम्): In Roman judicial system and military rolls, the Greek letter Θ (Theta), standing for Thánatos (Death), was marked next to the names of criminals condemned to execution or dead soldiers.

Persius uses this legally intense metaphor to mock the young politician who thinks he is fit to judge human moral vices when he hasn't even mastered his own soul.

- Anticyras (एण्टीसाएरा-द्वीपस्य भेषजम्): Anticyra, a coastal town in Greece, was universally famous for producing the highest grade of hellebore, a medicinal root used by ancient physicians to cure mental illness, madness, and severe delusions of grandeur. Persius sharply suggests that the young politician needs political rehab before taking office.
- Dinomaches / Baucis (दीनोमाके / बौसिस्): Dinomache was the aristocratic, high-born mother of Alcibiades. Persius cuts down the young leader's pride by noting that if his only virtues are wealthy birth and smooth skin, he has no higher philosophical understanding of life than a ragged market-woman (Baucis) selling cheap herbs (ocima) to slaves.

द्वितीयः भागः: परनिन्दा बनाम घोरकृपणता (२३–४१ पङ्क्तयः)

संस्कृत-गद्य-अनुवादः

अहो आश्चर्यम्! न कोऽपि मनुष्यः स्वस्य अन्तः प्रवेष्टुं प्रयतते, न कोऽपि! परं पुरतः गच्छतः अन्यस्य मनुष्यस्य पृष्ठे लम्बमानः दोषस्यूतः (mantica) सर्वैः एव निरन्तरं तीक्ष्णदृष्ट्या वीक्ष्यते!
यदि त्वं कञ्चित् पृच्छेः—"किं त्वं वेतिदियस्-नाम्नः (Vettidi) क्षेत्राणि जानासि?" तर्हि सः प्रतिवदेत्—"कस्य क्षेत्राणि?"
"तस्य एव धनिकस्य, यः कुरेस्-नगरे (Curibus) तावतीं भूमिं कर्षति, यावतीं कश्चित् श्येनपक्षी (miluus) अपि दिनेन उड्डयितुं न शक्नोति!"
तदा सः वक्ष्यति—
"अहो, तं वदसि त्वम्? देवानां कोपेन ग्रसितः, दुर्भाग्यशालिना कुलदेवेन च युक्तः सः पुरुषः! यदा सः कृषिचत्वरे (compita) उत्सवकाले वृषभस्य युगं स्थापयति, तदा पुरातनघटात् शुष्कपङ्कस्य निष्कासने अपि दुःखेन उच्चैः निश्वसिति—'अहो, एतद् कार्यं मङ्गलमयं भवतु (मम धनं मा नष्टं भूयात्)!' ततः सः शुष्कपलाण्डुं (caepe) लवणेन सह दन्तैः खादति, तस्य भृत्याः च मुष्टिमात्रान्नस्थालीं दृष्ट्वा हर्षेण हस्तताडनं कुर्वन्ति, सः स्वयम् च मृतप्रायस्य जीर्णाम्लरसस्य (aceti) दुर्गन्धयुक्तां फेनां पिबति!"
परं यदि त्वं विलासी भूत्वा, सुगन्धिततैलं लिप्त्वा, चर्मणि सूर्यस्य तापं गृहणन् समयं वृथा यापयसि, तर्हि तव समीपे एव कश्चित् अज्ञातः पुरुषः तिष्ठति, यः कोपेन तव कूर्परं स्पृशति, तव चारित्र्यस्य उपरि च कटुनिष्ठीवनं करोति—
"अहो ईदृशं हीनं शीलम्! त्वं लोकसमक्षं विलासितां दर्शयसि, शरीरात् केशान् निष्कास्य गुप्तमङ्गं चिकणयसि, कामुकतां च प्रकटयसि! यद्यपि मल्लयुद्धशालायाः पञ्च प्रबलाः मल्लाः तव एतानि कृत्रिमाणि अङ्गानि उत्पाटयेयुः, तथापि तव आन्तरिकं कौटिल्यं न कोऽपि हलः सुधर्तुं शक्नोति।"

टिप्पणी

- Mantica (पृष्ठे लम्बमानः दोषस्यूतः): A direct philosophical invocation of Aesop's famous fable of the two bags. According to the myth, Jupiter gave every human two knapsacks: one hung in front, filled with other people's faults, and one hung behind out of sight, filled with our own. Hence, humans are naturally blind to their own moral failings while obsessing over their neighbors'.
- Miluus (श्येनपक्षी): A proverb for vast, sprawling landed wealth. Property so wide that even a fast-flying kite or hawk cannot traverse its boundaries in a single day.
- Compita (कृषिचत्वरे): Refers to the Compitalia, a rustic Roman festival celebrated at crossroads where farmers hung up their plows after the autumn planting was

complete. Even during this holy feast of generosity, the miserly Vettidius grumbles about opening a jar of old wine and feeds his slaves meager porridge.

- Caepe / Aceti (पलाण्डुः / शुक्तम्): The classic food of poverty or enforced stinginess—raw onions with skins still on (tunicatum caepe) and sour, decaying vinegar-wine (morientis aceti). Persius contrasts this extreme fiscal greed with extreme moral soft-headedness.

तृतीयः भागः: आन्तरिकः गुप्तव्रणः मिथ्याप्रशंसा च (४२–५२ पङ्क्तयः)

संस्कृत-गद्य-अनुवादः

वयं निरन्तरम् अन्येषां चारित्र्यं प्रहरामः, अन्यैः च वयं स्वयम् अपि प्रह्रियामहे। अस्माकं जीवनम् अस्मिन् एव नियमे चलति; एतद् वयं सम्यक् जानीमः। तव कटिप्रदेशस्य अधः कश्चित् गुप्तः प्राणघातकः व्रणः (caecum wound) अस्ति; परं तव विशालः सुवर्णमयः राजसीयकतिबन्धः (balteus) तं बाह्यतः गोपायति।
यथा तव रुचिः, तथा कुरु; आत्मना सह मिथ्यावादं कुरु, यदि तव इन्द्रियाणि वञ्चितुं शक्नुयाः, तर्हि प्रतारय!
"परं यदा मम प्रतिवेशिनः मां महापुरुषः, श्रेष्ठः राजनेता च इति वदन्ति, तर्हि किमर्थम् अहं तेषां वचनेषु विश्वासं न कुर्याम्?"
हे दुर्मते, यदि सुवर्णस्य राशं दृष्ट्वा तव मुखं भयेन लोभेन च पाण्डुरं भवति; यदि त्वं स्वस्य कामवासनां तृप्तिकर्तुं यत् किमपि नीचं कर्म कर्तुं शक्नोषि; यदि त्वं धनलोभात् न्यायपीठे (puteal) कपटव्यूहं रचयित्वा जनसामान्यं कशया ताडयसि—तर्हि त्वं वृथा एव अस्य लोकस्य प्रशंसारूपं जलं पातुं स्वकीयौ पिपासितौ कर्णौ ददासि!
अतः त्यज एतद् रूपं यत् त्वं वास्तविकानां सद्गुणानां विना धारयसि; जनसामान्यः स्वस्य मिथ्याप्रशंसायाः उपहारान् तव हस्तेभ्यः पुनः हरतु। त्वं केवलं 'स्वेन सह' वस (tecum habita); तदा एव त्वं ज्ञास्यसि यत् तव आन्तरिकबुद्धेः गृहभाण्डं कियत् सीमितं लघु च अस्ति (curta supellex)!

टिप्पणी

लैटिन-मूल-पदम्	संस्कृत-रूपान्तरम्	दार्शनिक-तात्पर्यम् (Stoic Philosophical Meaning)
Caecum vulnus	गुप्तः आन्तरिकव्रणः	The hidden moral sore. A statesman might wear gorgeous ceremonial armor or a golden belt (lato balteus auro), but underneath his fancy clothes, his conscience is bleeding from unexamined vices.
Puteal	न्यायपीठः / कपटस्थानम्	Specifically the Puteal Libonis in the Roman Forum, the bustling center of Roman banking, moneylending, and speculative lawsuits. To "strike it with stripes" means to commit financial fraud.
Tecum habita	आत्मना सह निवसेः	"Live with yourself." The core Stoic command of self-containment. True validation does not come from looking outward at public approval, but from looking inward at structural integrity.
Curta supellex	स्वल्पाः उपस्कराः / दारिद्र्यम्	Literally "short furniture" or "scant household goods." A brilliant idiomatic punchline meaning: once you strip away public prestige and wealth, you realize how intellectually bankrupt and morally ill-furnished your inner soul actually is.

आलस्-फ्लैकस्-पर्शियस्-महाभागस्य इयं पञ्चमी वक्रोक्तिः (Satura V) तस्य गुरवे, परमश्रद्धेयाय स्टोइक्-दार्शनिकाय लुसियस् अन्नियस कोर्नुतस् (Lucius Annaeus Cornutus) वर्याय समर्पिता अस्ति। एषः काव्यग्रन्थः समग्रलैटिन-साहित्ये "वास्तविकी स्वतन्त्रता" (True Stoic Liberty) इत्यस्य सिद्धान्तस्य सर्वश्रेष्ठं निरूपणं मन्यते।

प्रथमः भागः: महाकाव्य-जल्पः बनाम दार्शनिक-सत्यम् (१–२९ पङ्क्तयः)

संस्कृत-गद्य-अनुवादः

प्रायः सर्वेषां कवीनाम् एषः आचारः अस्ति यत् ते स्वकाव्यस्य रचनायै देवताभ्यः शतमुखाणि, शतवदनानि, शतजिह्वाः च याचन्ते; चाहे तेषां विषयः कश्चित् करुण-शोकाकुलः अभिनेतुं योग्यः नाटकप्रसङ्गः (tragoedo) स्यात्, अथवा पाथियन-सैनिकस्य (Parthi) शरीरात् निष्कासितस्य अस्त्रस्य घातानां घोरं युद्धवर्णनम्।

तदा कोर्नुतः कोपेन मां पृच्छति—

"किमर्थं त्वं महाकाव्यस्य ईदृशान् शुष्कपिण्डान् गिलसि, येषां वर्णनाय शतगलानाम् आवश्यकता भवेत्? ये गम्भीरं मिथ्याप्रलापं कर्तुम् इच्छन्ति, ते हेलिकन्-पर्वतस्य (Helicone) मेघानाम् अन्वेषणं कुर्वन्तु, येषां गृहेषु प्राग्ने (Prognes) अथवा थियेस्तेस्-महोदयस्य (Thyestae) सा भयानकं मांसस्थाली सदा प्रज्वलति—या क्लीकोन्-नाम्ना मूर्खाभिनेत्रा वारंवारं रङ्गमञ्चे खाद्यते। त्वं तु भस्त्रा (bellows) इव फुत्कुर्वन् अग्निं न प्रज्वालयसि, न च निभृतं काक इव मूर्खतापूर्णं गम्भीरध्वनिं करोषि, न च कपोलौ वायुना पूरयित्वा तान् स्फोटयितुं प्रयतसे। त्वं तु केवलं सामान्यानां नागरिकाणां भाषां (verba togae) अनुसरसि, यः तीक्ष्णविन्यासेन (iunctura acri) कुशलः असि, मधुरशब्दावलीयुक्तः असि, म्लानचारित्र्यस्य शोधने च निपुणः, कुलीनक्रीडया च दोषाणां विनाशकः असि। अतः त्वं इतः एव स्वस्य विषयं वृणु; मायसिने-नगरस्य (Mycenis) राज्ञाम् तानि मुण्डयुक्त-पादयुक्तानि मानुषमांसभोजनानि दूरात् एव त्यज, जनसामान्यस्य भोजनशालां च जानीहि।"

पर्शियस् उत्तरं ददाति—

अहं नूनं न एतद् इच्छामि यत् मम एतत् पृष्ठं निरर्थकैः जलदबुद्बुदसदृशैः वचनैः (bullatis nugis) विकृतं भूत्वा धूमाय भारं दद्यात्। आवां रहसि सम्भाषणं कुर्वः; हे कोर्नुत, मम प्रिय मित्र, इदानीं मम अन्तःकरणं (praecordia) तव पुरतः उद्घाट्य स्थापयामि, येन त्वं जानीयाः यत् मम आत्मनः कियान् विशालः भागः तव आधारेण तिष्ठति। मम हृदयं स्पृष्ट्वा पश्य, यतः त्वं सम्यक् विविनक्षि—किं तत्र ठोसम् (solidum) अस्ति, किं च केवलं मिथ्याप्रशंसायाः लेपः। अस्य कृते एव अहं शतमुखाणि याचितुं शक्नोमि, येन अहं तव प्रति मम मनसि स्थितं अगाधं प्रेम पवित्रवाचा प्रकटीकर्तुं शक्नुयाम्, मम आन्तरिकनाडीषु (fibra) लीनं च अमूर्तं तत्त्वं शब्दाः मुखरितं कुर्युः।

टिप्पणी

- Verba togae (नागरिकाणां लोकभाषा): Persius rejects the archaic, inflated vocabulary of epic and tragic poetry (like the mythological cannibal banquets of Thyestes or Procne). He chooses the everyday speech of Roman citizens wearing the toga—a plain, direct medium suited for moral diagnosis.
- Iunctura callidus acri (तीक्ष्णविन्यासे कुशलः): A famous stylistic self-definition. Persius describes his technique as creating an unexpected, sharp juxtaposition of words that forces the reader out of moral complacency.
- Praecordia / Fibra (अन्तःकरणम् / आन्तरिकनाड्यः): Instead of standard rhetorical flattery, the poet offers his actual physical-spiritual organs to be tested by his master. He wants Cornutus to strike his chest like a potter testing a clay vessel to see if it rings true or sounds hollow.

द्वितीयः भागः: गुरु-शिष्य-सम्बन्धः, ज्योतिषं च (३०–६४ पङ्क्तयः)

संस्कृत-गद्य-अनुवादः

यदा मम बाल्यकालस्य रक्षकं जाम्बूनदं वस्त्रं (purpura) अपाकृतम्, सा रक्षापेटिका च (bulla) गृहदेवानां (Laribus) पुरतः समर्पिता अभवत्; यदा मङ्गलकारिणः सुहृदः मां समग्रसुबुरा-मार्गेषु (Subura) स्वच्छन्दं विचरितुं अनुमतिं दत्तवन्तः; यदा च जीवनस्य मार्गः अनिश्चितः आसीत्, अज्ञानता च मे त्रस्तां बुद्धिं वक्रचतुष्पथे आनयति स्म—तदा एव अहं तव छायया अङ्कीकृतः अभवम्।
हे कोर्नुत, त्वं मम कोमलं वयः सुक्राततुल्येन अङ्केन (Socratico sinu) गृहीतवान्। तदा तव प्रयुक्तायाः विवेकबुद्धेः ऋजुदण्डेन मम वक्रस्वभावः क्रमशः सरलीकृतः, मम मनः च तव ज्ञानेन वशीकृतं भूत्वा कलात्मकरूपं धर्तुम् आरभत। अहं स्मरामि, कथं तव सह मया सुदीर्घाः दिवसाः व्यतीताः, रात्रेः प्रथमभागाः अपि भोजनालये एकत्र यापिताः। आवयोः कार्यं विश्रामः च उभौ सह एव आस्ताम्, पवित्रभोजनपीठे च वयं गम्भीरविषयान् शिथिलान् कुर्मः स्म।
अत्र मा कुरु संशयम्—आवयोः जीवनस्य दिवसाः कस्यचित् एकस्य एव नक्षत्रस्य प्रभावेण नियन्त्रिताः सन्ति। चाहे सत्यवादिनी विधात्री (Parca) आवयोः भाग्यं समानायां तुलायाम् (Libra) तोलयति, चाहे आवयोः परस्परं दृढं भाग्यं मिथुनराशौ (Geminos) विभजति, अथवा आवां मिलित्वा क्रूरस्य शनेः (Saturnum) कुप्रभावं रक्षकस्य गुरोः (Jove) प्रभावेण नाशयामि; न जाने किं नक्षत्रम् अस्ति एतत्, परं निश्चितम् अस्ति यत् किमपि दिव्यं तत्त्वं मां त्वया सह संमिश्रयति!
मनुष्याणां सहस्रशः प्रकाराः सन्ति, जीवनस्य व्यवहाराः अपि विविधाः। प्रत्येकं जनस्य स्वकीया इच्छा भवति, न कोऽपि एकेन सङ्कल्पेन जीवति। कश्चित् व्यापारी दूरदेशात् मरीचं (piper) कुमिनबीजं च आनयितुं सूर्यतापे धावति; कश्चित् आलसी भोजनं कृत्वा निरन्तरं निद्रायां मग्नः भवितुम् इच्छति; कश्चित् क्रीडाङ्गणे रमतुम् इच्छति; कश्चित् द्यूतक्रीडया दरिद्रः भवति; कश्चित् कामवासनायां लीनः नश्यति। परं यदा क्रूरः वातरोगः (cheragra) तेषाम् अङ्गुलीनां सन्धीन् शुष्ककाष्ठवत् भनक्ति, तदा ते स्वस्य गतान् दिवसान्, पङ्कसदृशं अन्धकारमयं जीवनं च स्मृत्वा उच्चैः क्रन्दन्ति, पश्चात्तापं च कुर्वन्ति!

टिप्पणी (Annotations)

- Purpura / Bulla (जाम्बूनदं वस्त्रं रक्षापेटिका च): Roman boys of free birth wore a purple-bordered toga (toga praetexta) and a protective amulet (bulla). At around 16 years old, they dedicated these to the household gods (Lares) and assumed the pure white toga virilis (candidus umbo), stepping into adult public life.
- Socratico sinu (सुक्राततुल्यम् अङ्कम्): Cornutus did not teach dry rules; he gathered Persius into a philosophical embrace modeled on Socrates in Plato's dialogues, shaping the young mind like a sculptor's thumb working wet clay (artificemque tuo ducit sub pollice vultum).
- Astrological Harmony (तुला-मिथुन-गुरु-ग्रहाः): The ultimate expression of Hellenistic friendship (amicitia). Whether unified under Libra (the scales of justice) or Gemini (the twins), their mutual intellectual alignment is strong enough to neutralize the destructive, depressing influence of Saturn through the life-affirming grace of Jupiter.

तृतीयः भागः: कालहरणम्, मिथ्या-कानूनी-मुक्तिः च (६५–१२३ पङ्क्तयः)

संस्कृत-गद्य-अनुवादः

परं त्वं तु रात्रौ अपि पुस्तकानाम् उपरि म्लानवदनः भवसि; यूनां कर्णानां शोधनं कृत्वा तत्र स्टोइक्-आचार्यस्य क्लियान्थीस्-महोदयस्य (fruge Cleanthea) ज्ञानबीजं वपसि। हे बालकाः, हे वृद्धाः च, इतः एव स्वमनसः कृते निश्चितं लक्ष्यं प्राप्नुत, वृद्धकालस्य दारिद्र्याय च आध्यात्मिकं पाथेयं (viatica) सञ्चिनुत!

"श्वः (Cras) एतत् कार्यं करिष्यामि।"
परं यदा द्वितीयः दिवसः आयाति, तदा सः श्वः अपि ह्यः (yesterday) भवति। पश्य, एषः अपरः 'श्वः' अस्माकं वर्षाणि खादति, सः च सर्वदा अस्मात् किञ्चित् अग्रे एव तिष्ठति। यतो हि, यद्यपि त्वं तेन सह एकस्य एव रथस्य युगस्य अधः तिष्ठसि, तथापि त्वं तं पृष्ठचक्रवत् कदापि प्राप्तुं न शक्नोषि, यतो हि त्वं द्वितीयस्य अक्षस्य आश्रयेण धावसि!
अस्माकं स्वतन्त्रतायाः आवश्यकता अस्ति—परं सा स्वतन्त्रता न, येन वेलीना-वंशस्य (Velina) कश्चित् सामान्यः नागरिकः 'पुब्लियस्' इति नाम प्राप्य केवलं मूल्यहीनधान्यस्य कूपनं (tesserula) प्राप्नोति। अहो, सत्यशून्याः एते जनाः, ये मन्यन्ते यत् प्राएटर्-न्यायाधीशस्य हस्तेन केवलं एकं भ्रमणं (vertigo) कञ्चित् दासं रोमन्-नागरिकं कर्तुम् अर्हति!
इमं दमन्-नाम्नः (Dama) दासं पश्य, यः त्रिपर्दमूल्यस्य अश्वपालकः (agaso) अस्ति, मद्यपः, अन्धः, मिथ्यावादी च। परं तस्य स्वामी तं हस्तं धृत्वा एकवारं भ्रमयति, तस्य भ्रमणात् सः सद्यः 'मार्कुस् दमन्' (Marcus Dama) इति पूज्यः भवति! अहो आश्चर्यम्!
"किं त्वं मार्कुस्-महोदये प्रतिभूते (guarantor) सति धनं दातुं अङ्गीकरोषि? किं मार्कुस्-न्यायाधीशस्य पुरतः तव मुखं भयेन पाण्डुरं न भवति? मार्कुस्-महोदयेन एवम् उक्तम्, अतः एतत् सत्यम् एव! हे मार्कुस्, अत्र पत्रे स्वहस्ताक्षरं कुरु!"
एषा अस्ति तेषां शुद्धा स्वतन्त्रता (mera libertas)! एतद् एव उपहारं तद् मुक्तिटोपिका (pillea) ददाति! कश्चित् वदति—"किं सः स्वतन्त्रः नास्ति, यः स्वस्य इच्छानुसारं जीवनं यापयितुं शक्नोति? अहं स्वस्य इच्छया जीवामि, तर्हि किं अहं ब्रूतस्-महोदयात् (Bruto) अपि अधिकं स्वतन्त्रः नास्मि?"
"त्वं सर्वथा दोषयुक्तं तर्कं करोषि," इति वदति एषः स्टोइक्-दार्शनिकः, यस्य कर्णाः तीक्ष्णेन शुक्तेन (aceto) प्रक्षालिताः सन्ति। "अहं तव अन्यत् सर्वं वचनं गृह्णामि, परं 'इच्छानुसारं' तथा 'यथा इच्छामि' इति पदद्वयं सूचीतः निष्कासय!"
"यदा अहं प्राएटर्-महोदस्य दण्डेन (vindicta) मुक्तः भूत्वा तस्मात् स्थानात् निर्गतः, तर्हि मम इच्छा यत् किमपि वदति, तत् कर्तुम् अहं किमर्थं न स्वतन्त्रः अस्मि? केवलं कानूनस्य रक्तग्रन्थे (rubrica) यत् निषिद्धं तत् त्यक्त्वा?"
शृणु तावत्, परं नासिकायाः कोपं कोपसूचकं हास्यं च दूरात् त्यज, यावत् अहं तव फुफ्फुसात् पुरातनानां मातुलानीनां मूर्खतापूर्णान् विचारान् बहिः न निष्कासयामि! प्राएटर्-महोदयस्य एषः अधिकारः नासीत् यत् सः मूर्खेभ्यः कस्यचित् कार्यस्य सूक्ष्मं नैतिकं दायित्वं दद्यात्, तीव्रवेगयुक्तस्य जीवनस्य सदुपयोगस्य च अनुमतिं दद्यात्। त्वं कस्यचित् स्थूलस्य भृत्यस्य हस्ते वीणां (sambucam) दातुं शक्नोषि, परं सः किं तां वादयितुं शक्नोति?
विवेकबुद्धिः (ratio) तव सम्मुखं तिष्ठति, सा च तव गुप्ते कर्णे वदति—"तत् कार्यं कर्तुं कस्यापि अनुमतिः न भवेत्, यत् सः स्वस्य अज्ञानतया विकृतं करिष्यति।"
मानवानामं सार्वभौमिकः नियमः प्रकृत्याः च एषः धर्मः अस्ति यत् अक्षमं अज्ञानं निषिद्धकार्यात् विरमेत्। यदि त्वं भेषजस्य मात्रां तोलयितुं न जानासि, तथापि औषधं मिश्रीकरोषि, तर्हि प्रकृत्याः चिकित्साशास्त्रं तव निषेधं करोति। यदि कश्चित् ग्राम्यः कर्षकः, यः नक्षत्रं न जानासि, सः जलपोतस्य चालनं याचितुम् इच्छेत्, तर्हि सागरदेवता मेलिसेर्ता (Melicerta) उच्चैः वदेत् यत् संसारात् लज्जा एव नष्टा अभवत्!
किं दर्शनेन त्वां ऋजुमार्गे चलितुं कला दत्ता अस्ति? किं त्वं सत्यस्य बाह्यरूपं दृष्ट्वा तस्य अन्तस्थं कपटं (subaerato auro) ज्ञातुं शक्नोषि? किं त्वं मङ्गलमयानि कार्याणि सिताखण्डेन (creta) अमङ्गलमयानि च कोइलेन (carbone) अङ्कितवान् असि? किं तव इच्छाः सीमिताः सन्ति? किं तव गृहभाण्डं स्वल्पम् अस्ति? किं त्वं मितव्ययी भूत्वा अन्नगृहं कदाचित् बन्धयसि कदाचित् उद्घाटयसि? किं त्वं मार्गे पङ्के पतितं कस्यचित् नाणकं दृष्ट्वा तं ग्रहीतुं लालायितः न भवसि? यदा त्वं सत्यरूपेण वक्तुं शक्नोषि—"एते गुणाः मम सन्ति, अहं एतान् धारयामि," तदा एव त्वं प्राएटर्-महाभागानां देवानां च कृपयोः मुक्तः च बुद्धिमान् च असि!

टिप्पणी

- Fruge Cleanthea (क्लियान्थीस्-महोदयस्य अन्नम्): Cleanthes was the second head of the Stoic school in Athens. His "corn" or grain refers to true, unadulterated Stoic dogmas that nourish the soul's rational faculty.

- The Chariot Wheel Metaphor (पृष्ठचक्रम्): One of the most famous psychological allegories of procrastination in literature. The person who delays moral reform until "tomorrow" is like the rear wheel of a chariot—constantly chasing the front wheel (cantum) under the same frame (temone sub uno) but conceptually incapable of ever catching it.
- Vertigo / Vindicta (भ्रमणम् / प्राएटर्-दण्डः): Under Roman law, a master manumitted a slave in a brief ceremony where the Praetor touched the slave with a rod (vindicta), and the master turned the slave around once in a circle (vertigo), symbolizing his release into the free world. Persius scoffs that this mere physical spinning cannot grant the internal axis of moral freedom. Dama the slave becomes Marcus Dama the citizen, but remains Dama the moral degenerate.
- Rubrica (रक्तग्रन्थः): Named after the red ochre (rubrica) used to write the headings and titles of civil laws in Roman legal codes. Persius argues that civil legality is distinct from cosmic, natural law (naturaque continet hoc fas).

चतुर्थः भागः: आन्तरिकाः स्वामिनः—लोभः बनाम विलासः (१२४–१६० पङ्क्तयः)

संस्कृत-गद्य-अनुवारः

परं यदि त्वं—यः किञ्चित् पूर्वम् अस्माकं सदृशः एव पिष्टमयी (अज्ञानी) आसीः—स्वस्य पुरातनं दासत्वस्य चर्म (pelliculam) अद्यापि धारयसि, तव च बाह्यतः चिक्कणे ललाटे अन्तः कश्चित् धूर्तः शृगालः (astutam vulpem) तिष्ठति, तर्हि अहं तव पूर्वं दत्तां सर्वां स्वतन्त्रतां पुनः हरशामि, तव पाशं च आकर्षामि!
विवेकबुद्ध्या तव कृते किमपि न दत्तम्। त्वं स्वस्य एकाम् अङ्गुलिम् अपि बहिः निष्कासय, तत्क्षणम् एव त्वं दोषं करोषि! यद्यपि एतत् कार्यं कियत् लघु अस्ति, तथापि त्वं देवेभ्यः किञ्चित् सुगन्धितं द्रव्यं दत्त्वा अपि मूर्खेषु स्थिते मनसि कस्यापि धर्मस्य अर्धमात्राम् अपि स्थायित्वं कर्तुं न शक्नोषि। एतेषां परस्परं मिश्रणं पापम् अस्ति; यदि त्वं अन्येषु कार्येषु कश्चित् श्रमिकः (fossor) असि, तर्हि त्वं प्रसिद्धस्य नर्तकस्य बाथिलस्य (Bathylli) त्रयः नृत्याङ्गानपि शुद्धरूपेण कर्तुं न शक्नोषि।
त्वं वदसि—"अहं स्वतन्त्रः अस्मि।"
परं त्वं कुतः एतद् अनुभवसि, यः तावतां आन्तरिकविषयाणां दासः असि? किं त्वं स्वस्य स्वामिनं न जानासि, केवलं तं विहाय यं प्राएटर्-दण्डः दूरीकृतवान्?
यदा कश्चित् स्वामी उच्चैः वदति—"हे बालक, गच्छ, क्रिस्पीनस्य (Crispini) स्नानगृहे मम प्रमार्जनीं (strigiles) आनय!" यदि सः पुनः तर्जयति—"किमर्थं विलम्बं करोषि, धूर्त?" तर्हि एतत् बाह्यं दासत्वं त्वां न पीडयति, न च बहिः किमपि तव नाडीन् चालयति।
परं यदि तव रुग्णस्य यकृतः (iecore aegro) अन्तः एव केचन स्वामिनः उत्पन्नाः भवन्ति, तर्हि त्वं तस्मात् दासात् कथं अधिकः मुक्तः असि, यं केवलं कशया (scutica) स्नानगृहं प्रति प्रेष्यते?
प्रभावे त्वं गाढं निद्रायसे।
"उत्तिष्ठ!" इति वदति लोभः (Avaritia), "अहो, शीघ्रं उत्तिष्ठ!"
त्वं निषेधं करोषि; सः आग्रहं करोति—"उत्तिष्ठ!"
"अहं न शक्नोमि।"
"उत्तिष्ठ!"
"किं च करवाणि?"
"किं पृच्छसि? एण्टीओक्-नगरात् मत्स्यं आनय, चन्दनं, शणम्, आबनूसकाष्ठम्, कस्तूरीं, सुगन्धितं कोअन्-मद्यं च आनय। शुष्कपीडितात् उष्ट्रात् सर्वप्रथम् आर्द्रमरीचं निष्कासय; व्यापारं कुरु, शपथं कुरु, असत्यं वद!"
"परं ज्युपिटर-देवः (Iuppiter) मम असत्यं श्रोष्यति!"

"अहो मूर्ख! यदि त्वं ज्युपिटर-देवेन सह धर्मेण जीवितुम् इच्छसि, तर्हि त्वं दरिद्रतायाः पात्रे अङ्गुल्या छिद्रं कृत्वा केवलं लवणं चाटन् एव जीवनं समापयिष्यसि!"
इदानीं त्वं सज्जः असि, दासानां पृष्ठे वस्त्रं बद्ध्वा, मद्यभाण्डं च पोते स्थापयितुं वदसि—"शीघ्रं पोतं प्रति चलत!" न कोऽपि बाधते त्वां विशालपोतेन एशियन-सागरं पारं कर्तुम्; परं तदैव चतुरा विलासिता (Luxuria) त्वां एकान्ते गृह्णाति, वदति च—
"हे उन्मत, कुत्र धावसि त्वम्? कुत्र? किमर्थं तव उष्णहृदये एषः तीव्रः कोपः जातः, यं विषरसस्य पूर्णः कूपः अपि शान्तं कर्तुं न शक्नोति? किं त्वं समुद्रं पारं करिष्यसि? किं त्वं रज्जुभिः बद्धे काष्ठपीठे उपविश्य भोजनं करिष्यसि? किं तव कृते एतद् रोचते यत् त्वं जीर्णपात्रे स्थितं दुर्गन्धयुक्तं मद्यं पिवेः? किं तव लक्ष्यम् एतद् अस्ति यत् तव धनं, यत् अत्र पञ्चप्रतिशतं व्याजं ददाति स्म, तत् विदेशे गत्वा एकादशप्रतिशतं प्रस्वेदं ज नयेत्? स्वस्य प्रकृतेः आनन्दं कुरु (indulge genio), सुखानि च अनुभव! अस्माकम् एतत् जीवनं यावत् अस्ति, तावत् एव त्वं जीवसि; शीघ्रं एव त्वं भस्म, छाया, केवलं कथा च भविष्यासि! मृत्युं स्मरन् जीव (vive memor letि); कालः पलायते; अहं यद् वदामि, सोऽपि कालः अतीतः भवति!"
पश्य, इदानीं त्वं किं करिष्यसि? त्वं द्वयोः विपरीतमुखयुक्तयोः बडिशयोः (duplici hamo) बद्धः असि। अस्य अनुसरणं करिष्यसि, उत तस्य? त्वं अनिश्चितदास्येन एकैकस्य स्वामिनः आज्ञां पालयितुं बाध्यः असि। यदि त्वं एकवारं तस्य आज्ञां प्रतिरुध्य वदसि—"मया मम शृङ्खला भग्ना," तर्हि तावता एव मा कत्थस्व; यतो हि कश्चित् श्वा अपि बहुप्रयासेन स्वस्य बन्धनं भनक्ति, परं यदा सः पलायते, तदापि तस्य कण्ठे सुदीर्घा शृङ्खला लम्बमाना एव भवति!

टिप्पणी

बाह्यः स्वामी (External Master)	आन्तरिकः स्वामी (Internal Master)	दार्शनिक-प्रकृत्या वशीकरणम् (Stoic Psychological Grip)
The Legal Owner (The Praetor/Master)	Avaritia (लोभः - Greed)	Commands relentless material exploitation: trade, perjury, stripping camels of pepper, fearing no gods for profit.
The Whip/Scutica (कशया ताडनम्)	Luxuria (विलासः - Indulgence)	Commands pure hedonism (indulge genio): avoiding the dangers of the sea, staying home, consuming soft pleasures before becoming dust (cinis).

- Iecore aegro (रुग्णः यकृत्): In ancient Greco-Roman medicine and psychology, the liver (iecur) was viewed as the physical seat of violent passions, desires, and irrational appetites. True organic slavery comes from within.
- The Dog and Chain Metaphor (शृङ्खलाबद्धः श्वा): A psychological observation. Breaking a bad habit once doesn't make a person free. If the root obsession remains unexamined, the individual is merely a runaway dog dragging the long iron remnants of their compulsion behind them.

पञ्चमः भागः: काम-अन्धविश्वासयोः दासत्वम्, संसारस्य उपहासश्च (१६१–१९१ पङ्क्तयः)

संस्कृत-गद्य-अनुवादः

कामुकः चैरेस्त्रातस् (Chaerestratus) स्वस्य नखान् दन्तैः खादन् स्वस्य दासं वदति—

"हे दावस् (Dave), मां विश्वासं कुरु, अहं मम पुरातनदुःखानां समाप्तये चिन्तयामि। किं अहं मम कुलीनप्रतिवेशिनां कलङ्कः भवेयम्? किं अहं मद्यपः भूत्वा, हस्ते शान्तं प्रदीपं धृत्वा, तस्याः गणिकायाः क्रिसीदस्य (Chrysidis) आर्द्रद्वारस्य पुरतः गीत्वा पितुः धनं नाशयामि?"
दावः उत्तरं ददाति—
"साधु, हे बालक! बुद्धिमान् भव, देवेभ्यः कञ्चित् यज्ञपशुं बलिं देहि।"
"परं हे दावस्, किं सा मम त्यागेन उच्चैः न रोदिष्यति?"
"त्वं पुनः मूर्खतां करोषि! सा त्वां स्वकीयेन रक्तवर्णेन पादत्राणेन (solea rubra) ताडयिष्यति, येन त्वं पुनः तस्याः पाशे बद्धः भविष्यसि! इदानीं त्वं क्रूरः सिंहः इव दृश्यसे; परं यदि सा त्वां केवलं एकवारं आह्वयेत्, त्वं सद्यः वदिष्यसि—किं करवाणि अहं? किं सा स्वयं याचते तदापि अहं न गच्छेयम्?"
यदि त्वं तस्मात् स्थानात् पूर्णरूपेण मुक्तः भूत्वा निर्गतः असि, तर्हि इदानीम् अपि मा गच्छ। एषा एव अस्ति वास्तविकी स्वतन्त्रता, न तु सा या राजकीयकर्मचारिणः (lictor) मूर्खदण्डेन प्राप्यते।
किं सः पुरुषः स्वस्य स्वामी अस्ति, यं राजनैतिक-महत्त्वाकाङ्क्षा (ambition) मुखं उद्घाट्य इतस्ततः भ्रमयति? रात्रौ जागरणं कुरु, जनसामान्याय प्रचुरमात्रायाम् चणकादीन् (cicer) वितर, येन वृद्धाः पुरुषाः अस्माकं फ्लोरा-उत्सवं (Floralia) स्मरेयुः। किं एतस्मात् अधिकं सुन्दरं किञ्चित् अस्ति?
परं यदा हेरोद्-नाम्नः राज्ञः दिवसाः (Herodis dies) आयान्ति, यदा च तैलाक्तानां गवाक्षाणां पुरतः दीपोत्सवः भवति, ये धूमान् वमन्ति, नीलवर्णानि पुष्पाणि च धारयन्ति; यदा च पात्रे मत्स्यस्य पुच्छं तैरति, श्वेतघटः च मद्येन पूर्णः भवति—तदा त्वं भीत्या ओष्ठौ चालयसि, यहूदीनां तं गुप्तं शब्बात्-दिवसं (recutita sabbata) दृष्ट्वा पाण्डुरः भवसि!
ततः एव तव मनसि कृष्णवर्णाः प्रेताः (lemures), भग्नात् अण्डात् उत्पन्नानि भयानिकाः आपदः, ईजिप्ट्-देशस्य ताः विशालाः देव्यः, सिस्त्रम्-वाद्यं (sistro) धृत्वा स्थिताः काणाः महिला-पुजारिकाः च भीतिं जनयन्ति; ताः वदन्ति यत् देवाः तव शरीरं वायुना पूरयित्वा मारयिष्यन्ति, यदि त्वं प्रभाते त्रिवारं लशुनस्य (alli) शिरः न खादेः!
यदि त्वं एतानि स्टोइक्-दर्शनस्य वचनानि कस्यचित् स्थूलस्य, स्थूलजङ्घायुक्तस्य सेनानायकस्य पुल्फेनियस्य (Pulfennius) पुरतः वदिष्यसि, तर्हि सः विशालः सैनिकः सद्यः उच्चैः अट्टहासं करिष्यति, वदिष्यति च—
"अहम् एतादृशान् शतं ग्रीक-दार्शनिकान् कस्यचित् एकस्य अपि भग्नस्य नाणकस्य (centusse) मूल्येन क्रेतुं शक्नोमि!"

टिप्पणी

- Solea rubra (रक्त-पादत्राणम्): A brilliant scene adapted from Roman comedy (Terence's Eunuchus). The lover boasts of breaking free from his mistress, but the slave knows that the woman's slipper will quickly discipline him. The passion of romantic lust is as ironclad a slavery as actual metal chains.
- Recutita sabbata (यहूदी-शब्बात्-भीतिः): Persius points to the rise of foreign Eastern cults in Rome (Judaism, Egyptian Isis worship). To the strict Roman Stoic, turning to superstitious, alien rituals out of psychological terror—such as lighting lamps on King Herod's birthday or fearing breaking eggs—is the ultimate sign of a mind enslaved by external existential dread.
- Pulfennius (पुल्फेनियस् - सेनानायकः): The text concludes with brutal, realistic irony. After delivering a high philosophical lecture on the soul's absolute cosmic liberty, Persius shows a massive, uneducated Roman centurion laughing coarsely at the whole concept, valuing a hundred Greek philosophers at less than a single copper coin.

आलस्-फ्लैकस्-पर्शियस्-महाभागस्य इयं पञ्चमी वक्रोक्तिः (Satura V) तस्य गुरवे, परमश्रद्धेयाय स्टोइक्-दार्शनिकाय लुसियस् अन्नियस कोर्नुतस् (Lucius Annaeus Cornutus) वर्याय समर्पिता अस्ति। एषः काव्यग्रन्थः समग्रलैटिन-साहित्ये "वास्तविकी स्वतन्त्रता" (True Stoic Liberty) इत्यस्य सिद्धान्तस्य सर्वश्रेष्ठं निरूपणं मन्यते।

प्रथमः भागः: महाकाव्य-जल्पः बनाम दार्शनिक-सत्यम् (१–२९ पङ्क्तयः)

संस्कृत-गद्य-अनुवादः

प्रायः सर्वेषां कवीनाम् एषः आचारः अस्ति यत् ते स्वकाव्यस्य रचनायै देवताभ्यः शतमुखाणि, शतवदनानि, शतजिह्वाः च याचन्ते; चाहे तेषां विषयः कश्चित् करुण-शोकाकुलः अभिनेतुं योग्यः नाटकप्रसङ्गः (tragoedo) स्यात्, अथवा पाथियन-सैनिकस्य (Parthi) शरीरात् निष्कासितस्य अस्त्रस्य घातानां घोरं युद्धवर्णनम्।

तदा कोर्नुतः कोपेन मां पृच्छति—

"किमर्थं त्वं महाकाव्यस्य ईदृशान् शुष्कपिण्डान् गिलसि, येषां वर्णनाय शतगलानाम् आवश्यकता भवेत्? ये गम्भीरं मिथ्याप्रलापं कर्तुम् इच्छन्ति, ते हेलिकन्-पर्वतस्य (Helicone) मेघानाम् अन्वेषणं कुर्वन्तु, येषां गृहेषु प्राग्ने (Prognes) अथवा थियेस्तेस्-महोदयस्य (Thyestae) सा भयानकं मांसस्थाली सदा प्रज्वलति—या क्लीकोन्-नाम्ना मूर्खाभिनेत्रा वारंवारं रङ्गमञ्चे खाद्यते। त्वं तु भस्त्रा (bellows) इव फुत्कुर्वन् अग्निं न प्रज्वालयसि, न च निभृतं काक इव मूर्खतापूर्णं गम्भीरध्वनिं करोषि, न च कपोलौ वायुना पूरयित्वा तान् स्फोटयितुं प्रयतसे। त्वं तु केवलं सामान्यानां नागरिकाणां भाषां (verba togae) अनुसरसि, यः तीक्ष्णविन्यासेन (iunctura acri) कुशलः असि, मधुरशब्दावलीयुक्तः असि, म्लानचारित्र्यस्य शोधने च निपुणः, कुलीनक्रीडया च दोषाणां विनाशकः असि। अतः त्वं इतः एव स्वस्य विषयं वृणु; मायसिने-नगरस्य (Mycenis) राज्ञाम् तानि मुण्डयुक्त-पादयुक्तानि मानुषमांसभोजनानि दूरात् एव त्यज, जनसामान्यस्य भोजनशालां च जानीहि।"

पर्शियस् उत्तरं ददाति—

अहं नूनं न एतद् इच्छामि यत् मम एतत् पृष्ठं निरर्थकैः जलद्बुद्बुदसदृशैः वचनैः (bullatis nugis) विकृतं भूत्वा धूमाय भारं दद्यात्। आवां रहसि सम्भाषणं कुर्वः; हे कोर्नुत, मम प्रिय मित्र, इदानीं मम अन्तःकरणं (praecordia) तव पुरतः उद्घाट्य स्थापयामि, येन त्वं जानीयाः यत् मम आत्मनः कियान् विशालः भागः तव आधारेण तिष्ठति। मम हृदयं स्पृष्ट्वा पश्य, यतः त्वं सम्यक् विविनक्षि—किं तत्र ठोसम् (solidum) अस्ति, किं च केवलं मिथ्याप्रशंसायाः लेपः। अस्य कृते एव अहं शतमुखाणि याचितुं शक्नोमि, येन अहं तव प्रति मम मनसि स्थितं अगाधं प्रेम पवित्रवाचा प्रकटीकर्तुं शक्नुयाम्, मम आन्तरिकनाडीषु (fibra) लीनं च अमूर्तं तत्त्वं शब्दाः मुखरितं कुर्युः।

टिप्पणी

- Verba togae (नागरिकाणां लोकभाषा): Persius rejects the archaic, inflated vocabulary of epic and tragic poetry (like the mythological cannibal banquets of Thyestes or Procne). He chooses the everyday speech of Roman citizens wearing the toga—a plain, direct medium suited for moral diagnosis.
- Iunctura callidus acri (तीक्ष्णविन्यासे कुशलः): A famous stylistic self-definition. Persius describes his technique as creating an unexpected, sharp juxtaposition of words that forces the reader out of moral complacency.
- Praecordia / Fibra (अन्तःकरणम् / आन्तरिकनाड्यः): Instead of standard rhetorical flattery, the poet offers his actual physical-spiritual organs to be tested by his master. He wants Cornutus to strike his chest like a potter testing a clay vessel to see if it rings true or sounds hollow.

द्वितीयः भागः: गुरु-शिष्य-सम्बन्धः, ज्योतिषं च (३०–६४ पङ्क्तयः)

संस्कृत-गद्य-अनुवादः

यदा मम बाल्यकालस्य रक्षकं जाम्बूनदं वस्त्रं (purpura) अपाकृतम्, सा रक्षापेटिका च (bulla) गृहदेवानां (Laribus) पुरतः समर्पिता अभवत्; यदा मङ्गलकारिणः सुहृदः मां समग्रसुबुरा-मार्गेषु (Subura) स्वच्छन्दं

विचरितुं अनुमतिं दत्तवन्तः; यदा च जीवनस्य मार्गः अनिश्चितः आसीत्, अज्ञानता च मे त्रस्तां बुद्धिं वक्रचतुष्पथे आनयति स्म—तदा एव अहं तव छायया अङ्कीकृतः अभवम्।
हे कोर्नुत, त्वं मम कोमलं वयः सुक्राततुल्येन अङ्केन (Socratico sinu) गृहीतवान्। तदा तव प्रयुक्तायाः विवेकबुद्धेः ऋजुदण्डेन मम वक्रस्वभावः क्रमशः सरलीकृतः, मम मनः च तव ज्ञानेन वशीकृतं भूत्वा कलात्मकरूपं धर्तुम् आरभत। अहं स्मरामि, कथं तव सह मया सुदीर्घाः दिवसाः व्यतीताः, रात्रेः प्रथमभागाः अपि भोजनालये एकत्र यापिताः। आवयोः कार्यं विश्रामः च उभौ सह एव आस्ताम्, पवित्रभोजनपीठे च वयं गम्भीरविषयान् शिथिलान् कुर्मः स्म।
अत्र मा कुरु संशयम्—आवयोः जीवनस्य दिवसाः कस्यचित् एकस्य एव नक्षत्रस्य प्रभावेण नियन्त्रिताः सन्ति। चाहे सत्यवादिनी विधात्री (Parca) आवयोः भाग्यं समानायां तुलायाम् (Libra) तोलयति, चाहे आवयोः परस्परं दृढं भाग्यं मिथुनराशौ (Geminos) विभजति, अथवा आवां मिलित्वा क्रूरस्य शनेः (Saturnum) कुप्रभावं रक्षकस्य गुरोः (love) प्रभावेण नाशयामि; न जाने किं नक्षत्रम् अस्ति एतत्, परं निश्चितम् अस्ति यत् किमपि दिव्यं तत्त्वं मां त्वया सह संमिश्रयति!
मनुष्याणां सहस्रशः प्रकाराः सन्ति, जीवनस्य व्यवहाराः अपि विविधाः। प्रत्येकं जनस्य स्वकीया इच्छा भवति, न कोऽपि एकेन सङ्कल्पेन जीवति। कश्चित् व्यापारी दूरदेशात् मरीचं (piper) कुमिनबीजं च आनयितुं सूर्यतापे धावति; कश्चित् आलसी भोजनं कृत्वा निरन्तरं निद्रायां मग्नः भवितुम् इच्छति; कश्चित् क्रीडाङ्गणे रमतुम् इच्छति; कश्चित् द्यूतक्रीडया दरिद्रः भवति; कश्चित् कामवासनायां लीनः नश्यति। परं यदा क्रूरः वातरोगः (cheragra) तेषाम् अङ्गुलीनां सन्धीन् शुष्ककाष्ठवत् भनक्ति, तदा ते स्वस्य गतान् दिवसान्, पङ्कसदृशं अन्धकारमयं जीवनं च स्मृत्वा उच्चैः क्रन्दन्ति, पश्चात्तापं च कुर्वन्ति!

टिप्पणी

- Purpura / Bulla (जाम्बूनदं वस्त्रं रक्षापेटिका च): Roman boys of free birth wore a purple-bordered toga (toga praetexta) and a protective amulet (bulla). At around 16 years old, they dedicated these to the household gods (Lares) and assumed the pure white toga virilis (candidus umbo), stepping into adult public life.
- Socratico sinu (सुक्राततुल्यम् अङ्कम्): Cornutus did not teach dry rules; he gathered Persius into a philosophical embrace modeled on Socrates in Plato's dialogues, shaping the young mind like a sculptor's thumb working wet clay (artificemque tuo ducit sub pollice vultum).
- Astrological Harmony (तुला-मिथुन-गुरु-ग्रहाः): The ultimate expression of Hellenistic friendship (amicitia). Whether unified under Libra (the scales of justice) or Gemini (the twins), their mutual intellectual alignment is strong enough to neutralize the destructive, depressing influence of Saturn through the life-affirming grace of Jupiter.

तृतीयः भागः: कालहरणम्, मिथ्या-कानूनी-मुक्तिः च (६५–१२३ पङ्क्तयः)

संस्कृत-गद्य-अनुवादः

परं त्वं तु रात्रौ अपि पुस्तकानाम् उपरि म्लानवदनः भवसि; यूनां कर्णानां शोधनं कृत्वा तत्र स्टोइक्-आचार्यस्य क्लियान्थीस्-महोदयस्य (fruge Cleanthea) ज्ञानबीजं वपसि। हे बालकाः, हे वृद्धाः च, इतः एव स्वमनसः कृते निश्चितं लक्ष्यं प्राप्नुत, वृद्धकालस्य दारिद्र्याय च आध्यात्मिकं पाथेयं (viatica) सञ्चिनुत!
"श्वः (Cras) एतत् कार्यं करिष्यामि।"
परं यदा द्वितीयः दिवसः आयाति, तदा सः श्वः अपि ह्यः (yesterday) भवति। पश्य, एषः अपरः 'श्वः' अस्माकं वर्षाणि खादति, सः च सर्वदा अस्मात् किञ्चित् अग्रे एव तिष्ठति। यतो हि, यद्यपि त्वं तेन सह एकस्य एव रथस्य युगस्य अधः तिष्ठसि, तथापि त्वं तं पृष्ठचक्रवत् कदापि प्राप्तुं न शक्नोषि, यतो हि त्वं द्वितीयस्य अक्षस्य आश्रयेण धावसि!

अस्माकं स्वतन्त्रतायाः आवश्यकता अस्ति—परं सा स्वतन्त्रता न, येन वेलीना-वंशस्य (Velina) कश्चित् सामान्यः नागरिकः 'पुब्लियस्' इति नाम प्राप्य केवलं मूल्यहीनधान्यस्य कूपनं (tesserula) प्राप्नोति। अहो, सत्यशून्याः एते जनाः, ये मन्यन्ते यत् प्राएटर्-न्यायाधीशस्य हस्तेन केवलं एकं भ्रमणं (vertigo) कञ्चित् दासं रोमन्-नागरिकं कर्तुम् अर्हति!

इमं दमन्-नाम्नः (Dama) दासं पश्य, यः त्रिपर्दमूल्यस्य अश्वपालकः (agaso) अस्ति, मद्यपः, अन्धः, मिथ्यावादी च। परं तस्य स्वामी तं हस्तं धृत्वा एकवारं भ्रमयति, तस्य भ्रमणात् सः सद्यः 'मार्कुस् दमन्' (Marcus Dama) इति पूज्यः भवति! अहो आश्चर्यम्!

"किं त्वं मार्कुस्-महोदये प्रतिभूते (guarantor) सति धनं दातुं अङ्गीकरोषि? किं मार्कुस्-न्यायाधीशस्य पुरतः तव मुखं भयेन पाण्डुरं न भवति? मार्कुस्-महोदयेन एवम् उक्तम्, अतः एतत् सत्यम् एव! हे मार्कुस्, अत्र पत्रे स्वहस्ताक्षरं कुरु!"

एषा अस्ति तेषां शुद्धा स्वतन्त्रता (mera libertas)! एतद् एव उपहारं तद् मुक्तिटोपिका (pillea) ददाति! कश्चित् वदति—"किं सः स्वतन्त्रः नास्ति, यः स्वस्य इच्छानुसारं जीवनं यापयितुं शक्नोति? अहं स्वस्य इच्छया जीवामि, तर्हि किं अहं ब्रूतस्-महोदयात् (Bruto) अपि अधिकं स्वतन्त्रः नास्मि?"

"त्वं सर्वथा दोषयुक्तं तर्कं करोषि," इति वदति एषः स्टोइक्-दार्शनिकः, यस्य कर्णाः तीक्ष्णेन शुक्तेन (aceto) प्रक्षालिताः सन्ति। "अहं तव अन्यत् सर्वं वचनं गृहणामि, परं 'इच्छानुसारं' तथा 'यथा इच्छामि' इति पदद्वयं सूचीतः निष्कासय!"

"यदा अहं प्राएटर्-महोदस्य दण्डेन (vindicta) मुक्तः भूत्वा तस्मात् स्थानात् निर्गतः, तर्हि मम इच्छा यत् किमपि वदति, तत् कर्तुम् अहं किमर्थं न स्वतन्त्रः अस्मि? केवलं कानूनस्य रक्तग्रन्थे (rubrica) यत् निषिद्धं तत् त्यक्त्वा?"

शृणु तावत्, परं नासिकायाः कोपं कोपसूचकं हास्यं च दूरात् त्यज, यावत् अहं तव फुफ्फुसात् पुरातनानां मातुलानीनां मूर्खतापूर्णान् विचारान् बहिः न निष्कासयामि! प्राएटर्-महोदयस्य एषः अधिकारः नासीत् यत् सः मूर्खेभ्यः कस्यचित् कार्यस्य सूक्ष्मं नैतिकं दायित्वं दद्यात्, तीव्रवेगयुक्तस्य जीवनस्य सदुपयोगस्य च अनुमतिं दद्यात्। त्वं कस्यचित् स्थूलस्य भृत्यस्य हस्ते वीणां (sambucam) दातुं शक्नोषि, परं सः किं तां वादयितुं शक्नोति?

विवेकबुद्धिः (ratio) तव सम्मुखं तिष्ठति, सा च तव गुप्ते कर्णे वदति—"तत् कार्यं कर्तुं कस्यापि अनुमतिः न भवेत्, यत् सः स्वस्य अज्ञानतया विकृतं करिष्यति।"

मानवानामं सार्वभौमिकः नियमः प्रकृत्याः च एषः धर्मः अस्ति यत् अक्षमं अज्ञानं निषिद्धकार्यात् विरमेत्। यदि त्वं भेषजस्य मात्रां तोलयितुं न जानासि, तथापि औषधं मिश्रीकरोषि, तर्हि प्रकृत्याः चिकित्साशास्त्रं तव निषेधं करोति। यदि कश्चित् ग्राम्यः कर्षकः, यः नक्षत्रं न जानासि, सः जलपोतस्य चालनं याचितुम् इच्छेत्, तर्हि सागरदेवता मेलिसेर्ता (Melicerta) उच्चैः वदेत् यत् संसारात् लज्जा एव नष्टा अभवत्!

किं दर्शनेन त्वां ऋजुमार्गे चलितुं कला दत्ता अस्ति? किं त्वं सत्यस्य बाह्यरूपं दृष्ट्वा तस्य अन्तस्थं कपटं (subaerato auro) ज्ञातुं शक्नोषि? किं त्वं मङ्गलमयानि कार्याणि सिताखण्डेन (creta) अमङ्गलमयानि च कोइलेन (carbone) अङ्कितवान् असि? किं तव इच्छाः सीमिताः सन्ति? किं तव गृहभाण्डं स्वल्पम् अस्ति? किं त्वं मितव्ययी भूत्वा अन्नगृहं कदाचित् बन्धयसि कदाचित् उद्घाटयसि? किं त्वं मार्गे पङ्के पतितं कस्यचित् नाणकं दृष्ट्वा तं ग्रहीतुं लालायितः न भवसि? यदा त्वं सत्यरूपेण वक्तुं शक्नोषि—"एते गुणाः मम सन्ति, अहं एतान् धारयामि," तदा एव त्वं प्राएटर्-महाभागानां देवानां च कृपयोः मुक्तः च बुद्धिमान् च असि!

टिप्पणी

- Fruge Cleanthea (क्लियान्थीस्-महोदयस्य अन्नम्): Cleanthes was the second head of the Stoic school in Athens. His "corn" or grain refers to true, unadulterated Stoic dogmas that nourish the soul's rational faculty.
- The Chariot Wheel Metaphor (पृष्ठचक्रम्): One of the most famous psychological allegories of procrastination in literature. The person who delays moral reform until "tomorrow" is like the rear wheel of a chariot—constantly chasing the front wheel (cantum) under the same frame (temone sub uno) but conceptually incapable of ever catching it.

- Vertigo / Vindicta (भ्रमणम् / प्राएटर्-दण्डः): Under Roman law, a master manumitted a slave in a brief ceremony where the Praetor touched the slave with a rod (vindicta), and the master turned the slave around once in a circle (vertigo), symbolizing his release into the free world. Persius scoffs that this mere physical spinning cannot grant the internal axis of moral freedom. Dama the slave becomes Marcus Dama the citizen, but remains Dama the moral degenerate.
- Rubrica (रक्तग्रन्थः): Named after the red ochre (rubrica) used to write the headings and titles of civil laws in Roman legal codes. Persius argues that civil legality is distinct from cosmic, natural law (naturaque continet hoc fas).

चतुर्थः भागः: आन्तरिकाः स्वामिनः—लोभः बनाम विलासः (१२४–१६० पङ्क्तयः)

संस्कृत-गद्य-अनुवारः

परं यदि त्वं—यः किञ्चित् पूर्वम् अस्माकं सदृशः एव पिष्टमयी (अज्ञानी) आसीः—स्वस्य पुरातनं दासत्वस्य चर्म (pelliculam) अद्यापि धारयसि, तव च बाह्यतः चिकणे ललाटे अन्तः कश्चित् धूर्तः शृगालः (astutam vulpem) तिष्ठति, तर्हि अहं तव पूर्वं दत्तां सर्वं स्वतन्त्रतां पुनः हरशामि, तव पाशं च आकर्षामि!
विवेकबुद्ध्या तव कृते किमपि न दत्तम्। त्वं स्वस्य एकाम् अङ्गुलिम् अपि बहिः निष्कासय, तत्क्षणम् एव त्वं दोषं करोषि! यद्यपि एतत् कार्यं कियत् लघु अस्ति, तथापि त्वं देवेभ्यः किञ्चित् सुगन्धितं द्रव्यं दत्वा अपि मूर्खेषु स्थिते मनसि कस्यापि धर्मस्य अर्धमात्राम् अपि स्थायित्वं कर्तुं न शक्नोषि। एतेषां परस्परं मिश्रणं पापम् अस्ति; यदि त्वं अन्येषु कार्येषु कश्चित् श्रमिकः (fossor) असि, तर्हि त्वं प्रसिद्धस्य नर्तकस्य बाथिलस्य (Bathylli) त्रयः नृत्याङ्गानपि शुद्धरूपेण कर्तुं न शक्नोषि।
त्वं वदसि—"अहं स्वतन्त्रः अस्मि।"
परं त्वं कुतः एतद् अनुभवसि, यः तावतां आन्तरिकविषयाणां दासः असि? किं त्वं स्वस्य स्वामिनं न जानासि, केवलं तं विहाय यं प्राएटर्-दण्डः दूरीकृतवान्?
यदा कश्चित् स्वामी उच्चैः वदति—"हे बालक, गच्छ, क्रिस्पीनस्य (Crispini) स्नानगृहे मम प्रमार्जनीं (strigiles) आनय!" यदि सः पुनः तर्जयति—"किमर्थं विलम्बं करोषि, धूर्त?" तर्हि एतत् बाह्यं दासत्वं त्वां न पीडयति, न च बहिः किमपि तव नाडीन् चालयति।
परं यदि तव रुग्णस्य यकृतः (iecore aegro) अन्तः एव केचन स्वामिनः उत्पन्नाः भवन्ति, तर्हि त्वं तस्मात् दासात् कथं अधिकः मुक्तः असि, यं केवलं कशया (scutica) स्नानगृहं प्रति प्रेष्यते?
प्रभावे त्वं गाढं निद्रायसे।
"उत्तिष्ठ!" इति वदति लोभः (Avaritia), "अहो, शीघ्रं उत्तिष्ठ!"
त्वं निषेधं करोषि; सः आग्रहं करोति—"उत्तिष्ठ!"
"अहं न शक्नोमि।"
"उत्तिष्ठ!"
"किं च करवाणि?"
"किं पृच्छसि? एण्टीओक्-नगरात् मत्स्यं आनय, चन्दनं, शणम्, आबनूसकाष्ठम्, कस्तूरीं, सुगन्धितं कोअन्-मद्यं च आनय। शुष्कपीडितात् उष्ट्रात् सर्वप्रथम् आर्द्रमरीचं निष्कासय; व्यापारं कुरु, शपथं कुरु, असत्यं वद!"
"परं ज्युपिटर-देवः (Iuppiter) मम असत्यं श्रोष्यति!"
"अहो मूर्ख! यदि त्वं ज्युपिटर-देवेन सह धर्मेण जीवितुम् इच्छसि, तर्हि त्वं दरिद्रतायाः पात्रे अङ्गुल्या छिद्रं कृत्वा केवलं लवणं चाटन् एव जीवनं समापयिष्यसि!"
इदानीं त्वं सज्जः असि, दासानां पृष्ठे वस्त्रं बद्ध्वा, मद्यभाण्डं च पोते स्थापयितुं वदसि—"शीघ्रं पोतं प्रति चलत!" न कोऽपि बाधते त्वां विशालपोतेन एशियन-सागरं पारं कर्तुम्; परं तदैव चतुरा विलासिता (Luxuria) त्वां एकान्ते गृह्णाति, वदति च—

"हे उन्मत्त, कुत्र धावसि त्वम्? कुत्र? किमर्थं तव उष्णहृदये एषः तीव्रः कोपः जातः, यं विषरसस्य पूर्णः कूपः अपि शान्तं कर्तुं न शक्नोति? किं त्वं समुद्रं पारं करिष्यसि? किं त्वं रज्जुभिः बद्धे काष्ठपीठे उपविश्य भोजनं करिष्यसि? किं तव कृते एतद् रोचते यत् त्वं जीर्णपात्रे स्थितं दुर्गन्धयुक्तं मद्यं पिबेः? किं तव लक्ष्यम् एतद् अस्ति यत् तव धनं, यत् अत्र पञ्चप्रतिशतं व्याजं ददाति स्म, तत् विदेशे गत्वा एकादशप्रतिशतं प्रस्वेदं जनयेत्? स्वस्य प्रकृतेः आनन्दं कुरु (indulge genio), सुखानि च अनुभव! अस्माकम् एतत् जीवनं यावत् अस्ति, तावत् एव त्वं जीवसि; शीघ्रं एव त्वं भस्म, छाया, केवलं कथा च भविष्यासि! मृत्युं स्मरन् जीव (vive memor letि); कालः पलायते; अहं यद् वदामि, सोऽपि कालः अतीतः भवति!"
पश्य, इदानीं त्वं किं करिष्यसि? त्वं द्वयोः विपरीतमुखयुक्तयोः बडिशयोः (duplici hamo) बद्धः असि। अस्य अनुसरणं करिष्यसि, उत तस्य? त्वं अनिश्चितदास्येन एकैकस्य स्वामिनः आज्ञां पालयितुं बाध्यः असि। यदि त्वं एकवारं तस्य आज्ञां प्रतिरुध्य वदसि—"मया मम शृङ्खला भग्ना," तर्हि तावता एव मा कत्थस्व; यतो हि कश्चित् श्वा अपि बहुप्रयासेन स्वस्य बन्धनं भनक्ति, परं यदा सः पलायते, तदापि तस्य कण्ठे सुदीर्घा शृङ्खला लम्बमाना एव भवति!

टिप्पणी

बाह्यः स्वामी (External Master)	आन्तरिकः स्वामी (Internal Master)	दार्शनिक-प्रकृत्या वशीकरणम् (Stoic Psychological Grip)
The Legal Owner (The Praetor/Master)	Avaritia (लोभः - Greed)	Commands relentless material exploitation: trade, perjury, stripping camels of pepper, fearing no gods for profit.
The Whip/Scutica (कशया ताडनम्)	Luxuria (विलासः - Indulgence)	Commands pure hedonism (indulge genio): avoiding the dangers of the sea, staying home, consuming soft pleasures before becoming dust (cinis).

- Iecore aegro (रुग्णः यकृत्): In ancient Greco-Roman medicine and psychology, the liver (iecur) was viewed as the physical seat of violent passions, desires, and irrational appetites. True organic slavery comes from within.
- The Dog and Chain Metaphor (शृङ्खलाबद्धः श्वा): A psychological observation. Breaking a bad habit once doesn't make a person free. If the root obsession remains unexamined, the individual is merely a runaway dog dragging the long iron remnants of their compulsion behind them.

पञ्चमः भागः: काम-अन्धविश्वासयोः दासत्वम्, संसारस्य उपहासश्च (१६१–१९१ पङ्क्तयः)

संस्कृत-गद्य-अनुवादः

कामुकः चैरेस्त्रातस् (Chaerestratus) स्वस्य नखान् दन्तैः खादन् स्वस्य दासं वदति—
"हे दावस् (Dave), मां विश्वासं कुरु, अहं मम पुरातनदुःखानां समाप्तये चिन्तयामि। किं अहं मम कुलीनप्रतिवेशिनां कलङ्कः भवेयम्? किं अहं मद्यपः भूत्वा, हस्ते शान्तं प्रदीपं धृत्वा, तस्याः गणिकायाः क्रिसीदस्य (Chrysidis) आर्द्रद्वारस्य पुरतः गीत्वा पितुः धनं नाशयामि?"
दावः उत्तरं ददाति—
"साधु, हे बालक! बुद्धिमान् भव, देवेभ्यः कञ्चित् यज्ञपशुं बलिं देहि।"
"परं हे दावस्, किं सा मम त्यागेन उच्चैः न रोदिष्यति?"

"त्वं पुनः मूर्खतां करोषि! सा त्वां स्वकीयेन रक्तवर्णेन पादत्राणेन (solea rubra) ताडयिष्यति, येन त्वं पुनः तस्याः पाशे बद्धः भविष्यसि! इदानीं त्वं क्रूरः सिंहः इव दृश्यसे; परं यदि सा त्वां केवलं एकवारं आह्वयेत्, त्वं सद्यः वदिष्यसि—किं करवाणि अहं? किं सा स्वयं याचते तदापि अहं न गच्छेयम्?"
यदि त्वं तस्मात् स्थानात् पूर्णरूपेण मुक्तः भूत्वा निर्गतः असि, तर्हि इदानीम् अपि मा गच्छ। एषा एव अस्ति वास्तविकी स्वतन्त्रता, न तु सा या राजकीयकर्मचारिणः (lictor) मूर्खदण्डेन प्राप्यते।
किं सः पुरुषः स्वस्य स्वामी अस्ति, यं राजनैतिक-महत्त्वाकाङ्क्षा (ambition) मुखं उद्घाट्य इतस्ततः भ्रमयति? रात्रौ जागरणं कुरु, जनसामान्याय प्रचुरमात्रायाम् चणकादीन् (cicer) वितर, येन वृद्धाः पुरुषाः अस्माकं फ्लोरा-उत्सवं (Floralia) स्मरेयुः। किं एतस्मात् अधिकं सुन्दरं किञ्चित् अस्ति?
परं यदा हेरोद्-नाम्नः राज्ञः दिवसाः (Herodis dies) आयान्ति, यदा च तैलाक्तानां गवाक्षाणां पुरतः दीपोत्सवः भवति, ये धूमान् वमन्ति, नीलवर्णानि पुष्पाणि च धारयन्ति; यदा च पात्रे मत्स्यस्य पुच्छं तैरति, श्वेतघटः च मद्येन पूर्णः भवति—तदा त्वं भीत्या ओष्ठौ चालयसि, यहूदीनां तं गुप्तं शब्बात्-दिवसं (recutita sabbata) दृष्ट्वा पाण्डुरः भवसि!
ततः एव तव मनसि कृष्णवर्णाः प्रेताः (lemures), भग्नात् अण्डात् उत्पन्नानि भयानिकाः आपदः, ईजिप्ट्-देशस्य ताः विशालाः देव्यः, सिस्त्रम्-वाद्यं (sistro) धृत्वा स्थिताः काणाः महिला-पुजारिकाः च भीतिं जनयन्ति; ताः वदन्ति यत् देवाः तव शरीरं वायुना पूरयित्वा मारयिष्यन्ति, यदि त्वं प्रभाते त्रिवारं लशुनस्य (alli) शिरः न खादेः!
यदि त्वं एतानि स्टोइक्-दर्शनस्य वचनानि कस्यचित् स्थूलस्य, स्थूलजङ्घायुक्तस्य सेनानायकस्य पुल्फेनियस्य (Pulfennius) पुरतः वदिष्यसि, तर्हि सः विशालः सैनिकः सद्यः उच्चैः अट्टहासं करिष्यति, वदिष्यति च—
"अहम् एतादृशान् शतं ग्रीक-दार्शनिकान् कस्यचित् एकस्य अपि भग्नस्य नाणकस्य (centusse) मूल्येन क्रेतुं शक्नोमि!"

टिप्पणी

- Solea rubra (रक्त-पादत्राणम्): A brilliant scene adapted from Roman comedy (Terence's Eunuchus). The lover boasts of breaking free from his mistress, but the slave knows that the woman's slipper will quickly discipline him. The passion of romantic lust is as ironclad a slavery as actual metal chains.
- Recutita sabbata (यहूदी-शब्बात्-भीतिः): Persius points to the rise of foreign Eastern cults in Rome (Judaism, Egyptian Isis worship). To the strict Roman Stoic, turning to superstitious, alien rituals out of psychological terror—such as lighting lamps on King Herod's birthday or fearing breaking eggs—is the ultimate sign of a mind enslaved by external existential dread.
- Pulfennius (पुल्फेनियस् - सेनानायकः): The text concludes with brutal, realistic irony. After delivering a high philosophical lecture on the soul's absolute cosmic liberty, Persius shows a massive, uneducated Roman centurion laughing coarsely at the whole concept, valuing a hundred Greek philosophers at less than a single copper coin.

www.ingramcontent.com/pod-product-compliance
Lightning Source LLC
LaVergne TN
LVHW090337210926
848480LV00004B/1445
* 9 7 9 8 9 0 5 8 4 7 4 1 7 *